MICHEL
ROSTAIN

Als ich meine Eltern verließ

Roman

*Aus dem Französischen
von Birte Völker*

btb

Die französische Originalausgabe erschien 2011 unter dem Titel *Le Fils* bei Oh!Éditions, Paris.

MIX
Papier aus verantwortungsvollen Quellen
FSC® C083411
FSC
www.fsc.org

Verlagsgruppe Random House FSC® N001967
Das für dieses Buch verwendete FSC®-zertifizierte Papier *Lux Cream* liefert Stora Enso, Finnland.

1. Auflage
Genehmigte Taschenbuchausgabe September 2014
btb Verlag in der Verlagsgruppe Random House GmbH, München

Umschlaggestaltung: © semper smile, München
Umschlagmotiv: © David et Myrtille / Arcangel Images
Druck und Einband: CPI – Clausen & Bosse, Leck
MI · Herstellung: sc
Printed in Germany
ISBN 978-3-442-74788-7

www.btb-verlag.de
www.facebook.com/btbverlag
Besuchen Sie auch unseren LiteraturBlog www.transatlantik.de

Kann man über den Verlust eines Menschen zuversichtlich, ja heiter erzählen? Michel Rostain gelingt es, indem er den verstorbenen Sohn Lion die Trauerarbeit der Eltern liebevoll kommentieren lässt. Als der Vater auf dem Weg in die Wäscherei sich nicht vom Geruch der Bettwäsche seines Sohnes trennen kann, stellt Lion lakonisch fest: »Papa, sie stinkt. Ich habe sie seit Monaten nicht mehr gewaschen.« Dann stolpert der Vater über rätselhafte SMS und Notizen in Lions Schulheften und glaubt, darin Zeichen zu erkennen. Die Trauerarbeit wird zu einem Puzzle aus unglaublichen Zufällen und Fügungen, und ganz allmählich, in kleinen Schritten und große Wundern, gelingt es seinen Eltern, die Freude an einem Leben, in dem es Lion einmal gab, wiederzufinden.

MICHEL ROSTAIN, geboren 1942 in Mende, ist ein bekannter französischer Opernregisseur. Er lehrte Philosophie und Psychologie und war bis 2008 Intendant des Nationaltheaters in Quimper in der Bretagne. Mit seinem Erstlingsroman »Als ich meine Eltern verließ« gewann er 2011 den renommierten Prix Goncourt für das beste Debüt, obwohl er nicht auf der Auswahlliste stand.

1. Kapitel

Noch Worte suchen
die etwas sagen
wo man die Menschen sucht
die nichts mehr sagen

Und wirklich noch Worte finden
die etwas sagen können
wo man Menschen findet
die nichts mehr sagen können?

ERICH FRIED

PAPA MACHT ENTDECKUNGEN. Zum Beispiel verbringt er nicht einen Tag, ohne fünf Minuten lang zu weinen oder drei mal zehn Minuten oder eine ganze Stunde. Das ist neu. Die Tränen versiegen, fließen, versiegen erneut, und es geht wieder von vorn los. Eine reiche Vielfalt an Schluchzern, aber kein Tag ohne. Das verleiht dem Leben eine andere Struktur. Es gibt die plötzlichen Tränen – eine Geste, ein Wort, ein Bild, und sie schießen hervor. Dann gibt es Tränen, die einfach bloß da sind, ohne erkennbaren Grund. Und es gibt völlig unbekannte Tränen, ohne Schluchzer, ohne das übliche verzerrte Gesicht, sogar ohne dass die Nase läuft, einfach nur kullernde Tränen.

Ihm ist hauptsächlich morgens zum Weinen zumute.

Am elften Tag nach meinem Tod brachte Papa meine Bettdecke in die Reinigung. Er läuft die Rue du Couédic entlang, die Arme voll Bettwäsche, in die er seine Nase steckt. Er meint, sie rieche nach mir. In Wahrheit stinkt sie, schließlich habe ich weder die Bezüge noch das Federbett jemals gewaschen. Tage, Wochen und Monate habe ich darin geschlafen. Das empört ihn nicht mehr. Im Gegenteil: Noch ist zwischen den weißen Falten etwas von mir vorhanden, das er zur Reinigung trägt wie das Allerheiligste. Papa weint, die Nase in der Baumwolle. Er vermeidet jeden Blickkontakt, geht Umwege, die nicht nötig wären, biegt nach rechts in die Rue Obscure, läuft erst in die eine Richtung, dann in die andere, Rue le Bihan, Rue Émile-Zola, Les Halles, statt hundert insgesamt vierhundert Meter, er kostet es aus. Papa nimmt noch eine letzte Nase aus dem Federbett und stößt endlich die Ladentür auf.

Yuna de la Friche wirft gerade Münzen in einen Waschautomaten, Hinauszögern geht nicht mehr. Aufrichtiges Beileid … Der Mann von der Reinigung – noch einmal Beileid – nimmt Papa das Federbett ab. Papa hatte gehofft, es würde länger dauern, eine Warteschlange, ein Telefonat mit einem Kunden, eine Lieferung, ein Unwetter, bloß so viel Zeit, um noch ein paar Geruchsfetzen von mir einzuatmen. Papa gibt alles hin, verliert Stück für Stück.

Zurück zu Hause, sieht er den Hund an meinen Pantoffeln herumkauen. Auch an ihnen haftet mein Geruch. Papa, du wirst dich aber bitte nicht mit Yanka streiten, wer an meinen Stinkelatschen herumnuckeln darf, ja?

Bis wann wird der Hund meinen Geruch wiedererkennen? Zu überprüfen in drei Monaten zum Beispiel: Hundert Tage wären die Schonfrist für einen neuen Regierungschef. Und die Schonfrist für einen neuen Verstorbenen, die Zeit, in der alles an ihn erinnert, in der man in Tränen ausbricht, sobald der Name fällt, wie lang ist die? Hundert Tage, ein Jahr, drei Jahre? Wir werden das objektiv beurteilen können. Wie lang wird sich Yanka noch wegen meines Geruchs und wegen des Leders über meine Latschen hermachen? Wann werden Mama und Papa aufhören, überall ehrfurchtsvoll nach Spuren von mir zu suchen, und seien sie noch so klein? Wie lang werden sie sich nahezu unermüdlich ausgerechnet in das vertiefen, was sie zum Weinen bringt? Werde ich irgendwann nicht mehr jeden einzelnen Moment ihres Lebens ausnahmslos beherrschen? Ziemlich interessante Fragen. Papa, gib zu, dass du sie dir auch manchmal stellst, wenn du beim Weinen kurz Luft holst, als würdest du einen ungehörigen Blick in eine Zukunft werfen, die mein Tod ausgeblendet hat!

In deiner neuen Welt herrscht Chaos. Papa, du erbst, allerdings nichts Erfreuliches. »Träum süß, mein Schatz, deine dich liebende Nanie. Gute Nacht, du Schneckchen.« Papa ist etwas peinlich berührt, als er in den Nachrichten in meinem Handy einen der Spitznamen entdeckt, die mir meine Freundin gegeben hat. Aber er kann nicht anders und wühlt weiter, wühlt in allem, was ich zurückgelassen habe. Dass sie sagt, dass sie mich liebt, damit hat er natürlich gerechnet. Dass er erraten muss, dass ich sie »meine Nanie« genannt habe, kein Problem. Es ist der Spitzname »Schneckchen«, der ihn peinlich berührt. Er wird genauere Informationen über Schnecken einholen müssen. Warum hat mich Marie »Schnecke« genannt? Weil ich an ihren Ohren, Lippen oder Brüsten herumgeknabbert habe? Bei Google steht, die Schnecke sei ein nachtaktives Tier. Ist es, weil ich immer erst zu nachtschlafender Zeit ins Bett gegangen bin?

Papa mag keine Kosenamen. Du wirst nie wissen, warum ausgerechnet »Schneckchen« – es sei denn, du gestehst Marie, dass du ihre SMS gelesen hast. Allerdings kann ich mir nicht vorstellen, dass du dich das demnächst schon traust.

Dann wäre da noch die SMS vom 26. September, ein Monat vor meinem Tod, die Papa auch heute Abend in meinem Handy gefunden hat: »Stern der Erlösung, mein guter Lion, news: Bin jetzt in Reims, werde mir mal spaßeshalber die Kathedrale näher anschauen.« Fieberhaft versucht Papa zu entschlüsseln. Eins ist sicher, diese Nachricht bezieht sich auf die Fahrt nach Amsterdam, die ich kurz vor meinem Tod mit Romain gemacht habe. Ich hatte gelogen. Ich hatte erzählt, wir würden nach Reims fahren. Mama und Papa wären ausgeflippt, wenn ich ihnen gesagt hätte, ich fahre ins Kifferparadies – für einen Einundzwanzigjährigen ein Muss, hast du ja wohl auch getan, Papa, vor vierzig Jahren, oder? Nach unserem Hollandtrip ist Romain tatsächlich über Reims gefahren. Ich bin in die Bretagne zurück, das Auto abgeben, an das ich so schwer gekommen war. Aus Reims hat mir Romain dann die Nachricht geschickt.

Rätselhaft bleibt er trotzdem, dieser »Stern der Erlösung«. Es wird dich Jahre kosten, bevor du Romain danach fragst. Momentan erbst du nichts als Rätsel.

Wenn man Papa nach seinem Sternzeichen fragte, erntete man höhnisches Gelächter. Er behauptete, ihm sei es schnurzegal, welches Sternzeichen er sei, und erst recht, welchen Aszendenten er habe. Er wisse nur eines, fügte er immer hinzu, den Namen seines Deszendenten, meinen: »Lion«, der Löwe. Jetzt, da ich tot bin, hat Papa nichts mehr, weder Aszendenten noch Deszendenten.

Am 29. Oktober 2003 um 12 Uhr 45 hatte ich einen Termin beim medizinischen Dienst der Universität. Blöderweise bin ich am 25. Oktober gestorben, vier Tage vorher. Seit wann hatte ich diesen Termin schon? Papa geht diese Frage nicht aus dem Kopf. Den Zettel hat er schon zweimal, vielleicht sogar dreimal in den Fingern gehalten, seitdem er eifrig versucht, meine Papiere in eine sinnvolle Ordnung zu bringen. »Medizinischer Dienst der Universität«: Auf dem kleinen Formular, das ich aufgehoben hatte, nahm er nichts anderes mehr wahr als: »Medizinischer Dienst der Universität, 29. Oktober, 12 Uhr 45, bei Madame …« Notiert ist »Termin bei Madame …«, gefolgt von einer gepunkteten Linie, ohne Namen.

Papa ist mitten im Chaos seiner ersten echten Trauerwoche, nachdem alle Feierlichkeiten stattgefunden haben und die Freunde wieder abgereist sind. Erst mit der Einsamkeit beginnt wirklich der Tod. Papa hat den ganzen Tag lang meine Sachen aufgeräumt, abwechselnd geweint und telefoniert, sich ausgiebig die Nase geputzt und dabei nicht einmal eine Stauballergie vorgeschoben. Er ringt sich dazu durch, meine alten Hefte aus der Oberstufe wegzuwerfen, sobald er den ganzen Schund einmal sorgfältig durchgelesen hat, für den Fall, dass ich in der Pause zwischen Englisch und Mathe eine Bemerkung, ein Bild oder irgendetwas Persönliches, das ihm etwas über mich erzählen könnte, an den Rand geschmiert habe. Er findet nichts, keinen Hinweis, nichts als das sinnlose Gekritzel eines Schülers, der seinem blöden Lehrer nicht richtig zuhört. Nach dieser stundenlangen Suchaktion – die übrigens auch ziemlich indiskret ist, Papa, ich bin tot, einverstanden, aber trotzdem –, voilà, entdeckt er auf einmal ganz unten auf dieser Vorladung, die ihm keine Ruhe gelassen hat, eine mit Filzstift geschriebene Notiz, ziemlich klein. Eine kaum sichtbare, aber entscheidende Information: Ich sollte nicht in die Sprechstunde eines x-beliebigen Doktors gehen, der an dem Tag zufällig für irgendeine jährliche Vorsorgeuntersuchung eines Studenten Zeit hatte, ich hatte eindeutig einen Termin in der Sprechstunde von »Madame Le Gouellec, Psychologin«. Genau so notiert, schwarz und unauffällig: »Madame Le Gouellec, Psychologin«. Eine handschriftliche Notiz, allerdings nicht von mir. Ich hatte also eigenständig um einen Termin bei einer Psychologin gebeten.

Das ändert alles.

In Papa steigt ein altes Gefühl von Beklemmung auf. Bereits im Augenblick meines Todes hatte es ihn kurzzeitig befallen. Er dachte, er habe es verdrängt. Aber da ist dieser beklemmende Schmerz wieder, wie ein Stich. Alles kommt wieder hoch. Erneut bricht die vertraute Gewissheit hervor, die seit Langem wie eine Wahnvorstellung in ihm schwelt: die Allmacht des Unbewussten. Das wahnwitzige Treiben der Lust und der Seele. Ich lebe, weil ich es will. Also sterbe ich auch, weil ich … Selbst in der

Wahnvorstellung ist es nicht möglich, den Satz zu beenden.

Schon tausendmal hat sich Papa gefragt, ob es wirklich reines Pech war, das mich in den Tod gerissen hat. Eine bösartige Mikrobe schwirrt zufällig vorbei, und schon bist du tot. Lag es nicht eher daran, dass ich für einen kurzen Augenblick unachtsam gewesen bin? Eine Minute, die ich weniger Lust auf Leben hatte, und zack! Papa hat schon immer geglaubt beziehungsweise mehr oder weniger klare Theorien aufgestellt, dass ein Moment der Achtlosigkeit genügt, und die Todesmächte würden in ihm die Oberhand gewinnen. Eine Sekunde, in der man dem Leben keine Aufmerksamkeit schenkt, und schwupp, alles vorbei. Das ist der Todestrieb, an den er angeblich nicht ernsthaft glaubt, zu dem er aber trotzdem eine Meinung hat: In uns und vor allem in ihm gibt es Triebkräfte, die in der Lage sind, jedes noch so widerstandsfähige Leben zu zerstören. Er hat sich darum gefragt, ob ich nicht auch in jener Zeit meinen eigenen Zerstörungskräften unbewusst, oder sagen wir mehr oder weniger willentlich, die Tür offen stehen gelassen habe.

Jeder Tag seines Lebens ist für Papa wie eine Entscheidung für das Leben, und das, seitdem er denken kann. Woher zweifellos seine Lebenskraft rührt. Jetzt, da ich tot bin, ruft er alle naselang wild entschlossen: »Es lebe das Leben.« Er muss es einfach tun. »Es lebe das Leben! Fiat lux!« Hilft dir das, du alter Spinner? Jeder Todesfall würde somit die Frage aufwerfen, ob man etwas getan oder nicht getan hat, damit er eintritt oder eben nicht. Unser eigener Tod wäre dabei das letzte und im Übrigen unwiderlegbare Beispiel. Sich unentwegt für das Leben entscheiden, tagtäglich diese Entscheidung treffen, dem Teufel ins Gesicht schreien: »Es lebe das Leben.« Bis zu dem Tag, an dem man letztendlich doch verstummt und daran stirbt. Papa schreit ganz allein. Der Termin beim medizinischen Dienst ruft seine gesammelten Wahnvorstellungen wieder auf den Plan. Was ging in meinem Kopf vor, als ich vor drei Wochen nach dem Termin gefragt und mein Leben aufs Spiel gesetzt habe?

Seit ein paar Tagen hatte Papa endlich genau die entgegengesetzte Richtung eingeschlagen, wie befreit von all den Wahnvorstellungen. Freudentränen flossen, als er auf dem Tankanzeiger in meinem Auto sah, dass ich ein paar Stunden vor meinem Tod vollgetankt hatte. Viel Benzin – viele Pläne, nicht wahr? Als einen Beweis für meine Lebenslust deutete er ebenso das Zeitungsabo der *Le Monde*, das ich erst kürzlich unterschrieben hatte – die erste Ausgabe lag am Tag nach meinem Tod in meinem Briefkasten in Rennes. Ich wollte *Le Monde* lesen, wollte Leben, Alltag, ich hatte also noch etwas vor auf dieser Welt, oder? Außerdem besaß ich ein Studentenabo bei der Oper von Rennes. Man bestellt keine Abos für *Le Monde* oder die Oper, man tankt nicht voll, wenn man sterben möchte. Es war der Sensenmann, der mich einfach umgemäht hat, das ist alles, weder Papa noch ich noch irgendwer kann etwas dafür. Der Tod existiert unabhängig von uns; Papa war kurz davor, das zu akzeptieren.

Aber jetzt, krach, bum, wieder alles kaputt. Er hat den Zettel vom medizinischen Dienst endlich ganz durchgelesen. Ich hatte tatsächlich einen Termin bei einer Psychologin – sogar ihr Name steht drauf, man musste nur richtig hinsehen. Nachdem du Stunden über Stunden scheinbar das Lesen verlernt hast, bist du fündig geworden. Hast du möglicherweise die Augen davor verschlossen?

Nächste Frage.

Soll er die Psychologin anrufen, aber warum? Zum Beispiel, um über die Unschlüssigkeit zu leben zu sprechen. Okay … Papa, willst du über meine Unschlüssigkeit zu leben sprechen oder über deine?

Papa dreht sich im Kreis. Blitzschnell sind seine alten Dämonen wieder aufgetaucht, und die Lebenstriebe versagen. Er wird die Psychologin anrufen und sie befragen. Sollte sie etwas über mein Verhältnis zum Leben und zum Tod wissen, wird sie selbstverständlich nichts sagen können, vor allem auf dieser intimen, streng vertraulichen Ebene nicht. Gut, einverstanden, wird sie halt nichts sagen, Berufsethos. Aber wenn er sie nicht anruft, wird es ihn unentwegt beschäftigen. Letzten Endes geht es hier auch um sein Leben. Er beschließt, gleich am nächsten Morgen anzurufen.

Am Abend nach meinem Tod hatte Papa Christine und Jean-Jacques von seinen Wahnvorstellungen erzählt. Sie sind beide Ärzte, Jean-Jacques und Christine, seriös, wissenschaftlich und so weiter. Und wie Geschwister. Unter Tränen fragte er sie: »Kann man sich nicht unbewusst entscheiden zu sterben?« Jean-Jacques, der merkte, worauf Papa hinauswollte, widersprach lauthals, nein, diese Mikrobe hat zugeschlagen, ein für alle Mal, eine richtige Mörderin ist diese Mikrobe, eine Terroristin: Lion ist tot, der große Schnitt ist passiert, und weder Lion kann etwas dafür, noch du kannst etwas dafür. Mit seinem Tod ist unsere Ohnmacht erstarkt, das war's.

Christine, als Frau, ist feinfühliger, kann mit diesem Humbug mehr anfangen. Sie hatte Papas Zweifel herausgehört: Und wenn ich mich von dem Erreger habe töten lassen? Letzten Endes lebt dieser Erreger – *Meningitis fulminans* sein Name – ganz normal auch in zahlreichen gesunden Trägern. Warum so plötzlich, ausgerechnet da, in mir, zu dem Zeitpunkt, wieso hat er auf einmal einen günstigen Nährboden vorgefunden? Wer hat ihm erlaubt, wie wild zu wuchern und mein Leben zu vernichten? Das kann kein purer Zufall sein. Ist es nicht vielmehr so, dass sich mein Leben diesem Monster, der völligen Entsagung, dem Tod hingegeben hat?

Papa druckst herum. An diesem Sonntag dachte Christine in seiner Anwesenheit laut über die geheimnisvolle Art so mancher buckeliger, alter Männer nach, von denen du dich freitags mit »Schönes Wochenende, bis Montag« verabschiedest und die dir seelenruhig antworten: »Aber nein, aber nein, Montag bin ich tot!« Und wenn du am Montag wiederkommst, ist der Alte tatsächlich tot, hat den Stecker gezogen. Hat sich abgemeldet. Scheinwerfer aus.

In den letzten Jahren hatte Papa mehrfach versucht, mit den Spekulationen über die Endlichkeit, denen er sich schon immer gern hingegeben hat, aufzuhören. Am Tag nach meinem Tod schien er es endlich einzusehen. Ich bin mitten im Flug explodiert, aufgrund eines tödlichen Erregers, der mir in die Quere gekommen ist. Punkt aus. Seine alten Wahnvorstellungen taugten nichts mehr. Es gibt eben Dinge, die wir nicht in der Hand haben, den Tod, um es kurz zu machen. Und Papa zeigte Fortschritte in der Bekämpfung seines allmächtigen Wahns. Die Bombe fällt auf dich drauf, weil sie auf dich drauffällt, ohne einen anderen Grund, und das deshalb, weil wir Muße brauchen, um anderes auf uns zukommen zu sehen. Der Tod ist das, was wir absolut nicht unter Kontrolle haben.

Beweise dafür glaubte er in meinen Unterlagen zu finden. Ich benutzte zum ersten Mal einen Taschenkalender. Für die kommenden Wochen hatte ich mir ein Konzert von Radiohead am 27. Oktober auf MCM notiert, außerdem eine Versammlung im Nationaltheater der Bretagne am 30., ein Livekonzert einer Rockgruppe in Châteaulin am 18. November und, ohne Angabe eines Datums, dass ich noch einen Schein im Unisekretariat abholen muss. Ich hatte noch einiges zu tun vor dem Sterben.

Papa war kurz davor, einzusehen, über Jahre hinweg mit völlig haltlosen Theorien geliebäugelt zu haben.

Doch an diesem einen Abend in seiner zweiten Woche als Waisenvater taucht aus dem Hinterhalt wieder sein alter Wahn auf. Selten war ich so weit im Voraus verplant gewesen. Prompt spürt er Wasser auf seine rasenden Mühlen fließen. *Selten*, höchst *selten* hatte ich so viele Optionen für die Zukunft. Dieses kleine Wörtchen, einmal im Kopf angelangt, besitzt die Macht, wieder ungeheuere, magische Hirngespinste aufflammen zu lassen. Totale Regression. *Und wenn der Sohn völlig zu Recht diese Sammelallüren für Lebensprojekte angenommen hat, um gegen eine dunkle, tief verwurzelte Todessehnsucht anzukämpfen? Und wenn er gespürt hat, wie geheime Zweifel in ihn eingedrungen sind? Und wenn …* Diese Psychologin, die ich aufsuchen wollte, dieser kleine Zettel in dem Riesendurcheinander auf meinem Schreibtisch in Rennes, sind sie nicht als ein Entschluss zu deuten, den ich versucht habe zu fassen, um die Todessehnsucht in mir zu stillen? Hatte ich vielleicht zu spät versucht, nicht in Versuchung zu geraten? Oder hatte ich womöglich gar nicht richtig gekämpft? Hatte ich die tödliche Entfaltung der Erregerbombe etwa zugelassen, damit ich nicht zu diesem Termin gehen musste, den zu vereinbaren mir nicht leichtgefallen war? Schon drehen Papas altbekannte Spleens wieder wild am Mühlrad.

Als er selbst vor bald vierzig Jahren den ersten Termin für eine Psychoanalyse gemacht hatte, ist er kurz darauf gelb vor Angst geworden. Er wäre vor Angst beinahe gestorben, keine Frage. Aber letzten Endes war er nicht tot, und die Behandlung konnte beginnen. Den ersten Termin mit der Psychologin nahm er wahr. Eine Woche später fing er sich dann Gelbsucht ein. »Ihr Körper spricht eine heftige Sprache«, bemerkte die Analytikerin, die auf die Bezahlung der Sitzungen verzichtete, die er wegen der außerordentlichen somatischen Erscheinung zu Anfang versäumt hatte. Ein Einzug in die Analyse mit Pauken und Trompeten, dreimal pro Woche, sieben Jahre lang. Eines Tages sollte die Psychologin ihm raten, er möge sich besser ein anderes Ausdrucksmittel als seinen anfälligen Körper suchen, das könnte tödlich enden. Papa sei Psychosomatiker. Ein Körper, der heftig gegen jegliche Lust anredet, wird Papas gesamtes Leben beherrschen. Sein Kehlkopfkrebs und später seine Schilddrüsenerkrankung, gehörten sie auch zu dem Körper, der spricht, um nichts zu sagen? Und die Lungenembolie? Die simplen Worte aus der Psychoanalyse, die Teil der täglichen *Doxa* geworden sind, haben wir ihm bei jeder Gelegenheit untergeschoben, und zwar, dass seine somatischen Beschwerden selbstgemacht sind. Er fand eine

Antwort: *Meine Genesungen aber letztendlich auch, sie gehören auch zu diesem sprechenden Körper, verdammt noch mal. Und es lebe das Leben!* (Refrain.) Immerhin ist er durch die Analyse schlagfertig geworden.

Trotz allem befallen Papa Zweifel. Vielleicht ging ich schon seit Langem zur Analyse, hatte nur nichts erzählt, vor allem ihm nicht. Vielleicht war ich gerade an einem schwierigen Punkt angelangt, und er hatte es nicht erkannt. Papa eingekreist von unzähligen Zweifeln und Gewissensbissen. Hätte er nur … Trauer, die unablässig auf den Punkt gebracht wird, das infame Schuldgefühl leistet ganze Arbeit. Das ist es, was man ewige Reue nennt.

Die ganze Nacht lang geht Papa die Frage nicht mehr aus dem Kopf. Er dreht und wendet sie hin und her. Endlosschleife. Und wenn ich an der brutalen Sprache meines Körpers gestorben bin? Und wenn ich vor Angst gestorben bin, wie er es tun würde, wenn er nur daran dächte, das Unbewusste und die Lust sprechen zu lassen? Und wenn ich wie die Verwandten aus seiner Familie, allen voran sein Vater, auch gefühlsstumm bin? Dank der Analyse ist es bei Papa nicht mehr so ausgeprägt. Nicht immer. Schlafen wird Papa diese Nacht nicht.

Am nächsten Morgen ruft er den medizinischen Dienst der Universität an. Als er seinen Namen nennt, hilft man ihm an der Telefonzentrale sofort weiter: »Ich verbinde Sie nicht erst mit Madame Le Gouellec, sondern am besten gleich mit dem Chefarzt«, sagt eine junge Frau mit sanfter Stimme, noch ehe er die Gründe seines Vorsprechens darlegen kann. Musik in der Warteschleife. In gewisser Hinsicht fühlt er sich erleichtert, nicht wegen der Musik, die wie üblich grauenhaft ist, sondern wegen der aufmerksamen Telefonistin: Sein Anruf kam nicht völlig unerwartet. Anscheinend ist man über den Tod des Patienten, der nicht zum vereinbarten Termin gekommen war, informiert.

Überlege es dir gut, Papa: Noch ist Zeit zum Auflegen. Wie willst du es sagen? Und willst du es wirklich wissen? Und überhaupt: Hast du dich eigentlich gefragt, ob ich gewollt hätte, dass du es erfährst? Die meisten Fragen sind dir ohnehin nicht gestattet. Es gibt ein Berufsgeheimnis, sollte man zumindest hoffen.

Papa will nicht aufgeben. Er fühlt sich verpflichtet durchzuhalten. Um wenigstens Folgendes zu erfahren: *Handelte es sich bei dem 29. Oktober um den ersten Termin meines studierenden Sohns bei der Psychologin?*

Das ist Grenzüberschreitung, Papa. Was glaubst du im Leben deines Toten zu finden?

Einen Moment später ist Frau Doktor Bernheim in der Leitung. Oder Frau Doktor Barnart? Bernin? Nein, das klingt nach Kardiologe oder Architekt. Papa traut sich nicht nachzufragen und entscheidet sich für Bernheim – klingt mehr nach Psychologe. Die Chefärztin bestätigt das, was Papa befürchtet hat: Man darf ihm nichts sagen. Er bleibt stur. Sie kommt ihm entgegen und lässt ihn erraten, dass es sich um den ersten Termin gehandelt hat – die nachfolgenden Sprechstunden werden nie auf so einem Vordruck notiert, da der weitere Verlauf der Behandlung direkt zwischen Patient und Psychologe vereinbart wird. Dieses Formular kriegst du nur dann, wenn du zum ersten Mal kommst.

Papa ist erleichtert. Ich war also noch nicht in die miesen Fänge dieser Psychologen geraten. Ich machte nicht ohne sein Wissen seit Monaten eine Analyse. Wenigstens etwas, das seinem Schuldgefühl erspart blieb.

Die Zweifel schlüpfen durch eine andere Tür wieder herein. Er gesteht sie ihr am Telefon: Was sonst, als von meinen seelischen Nöten zu erzählen, sollte ich bei einer Psychologin?

Lautlos weint Papa am Telefon. Ich hatte dir nichts erzählt? Ja und? Verdammt, Papa, das war meine Sache, nicht deine. Ich hätte mich sowieso nicht bei dir ausgesprochen.

Die Chefärztin bricht das Schweigen: »Wie dem auch sei, Monsieur, und was ich Ihnen noch sagen wollte, ein solcher Erreger, das hat nichts mit einer Behandlung zu tun…«

Rasch, zu rasch erwidert Papa: »Sind Sie sich sicher?«

Stille. Dann sagt die Ärztin ehrlich: »Nein, ich bin mir nie sicher. Man kann sich nie sicher sein. Die Medizin ist nur ein kleiner Teil.«

Die Psychologin redete nicht um den heißen Brei herum, wich nicht aus, ging weder Papas Angst aus dem Weg noch seiner Sehnsucht oder der rätselhaften Ungewissheit.

Nachdem er aufgelegt hat, muss Papa lange weinen. Die Medizin ist nur ein kleiner Teil. Die Psychoanalyse auch.

Chaos. Papa hört sich die Erda von Wagner an, *fortissimo*, die Mutter der Parzen und Walküren, die nichts mehr hören kann. Wie in einem Film sieht er die Inschrift, die er am Tag zuvor in Ploaré am unteren Rand eines Kindergrabs entziffert hat, an seinem geistigen Auge vorüberziehen: »Gott sah dich, nahm dich auf in seiner Liebe und sagte: Komm!« Dieser in seinem Egoismus ungeheuerliche, pädophile Befehl macht ihn rasend. »Komm! Lass dein Leben für mich!« Der Gott der Christen ist eindeutig ein Schweinehund. Das Schicksal auch.

Auch das Unbewusste zermartert Papa anschließend das Gehirn, immerhin sitzt er an der Quelle und muss schließlich wissen, welche Dämonen ihn beherrschen.

Wotan ratlos, Erda besiegt, Tristan mit dem Tode ringend, Wagner strickt Leitmotive im Kopf eines immer älter werdenden Irren. Es ist morgens. Wie üblich weint Papa.

Papa rief: »Es lebe das Leben«, weil er seit jeher daran geglaubt hat, weil so ein dummer Tölpel wie er an der Schönheit der Welt festhielt. Jetzt wird er umso lauter rufen: »Es lebe das Leben.« Gewiss nicht mehr, weil er daran glaubt, aber weil es nötiger denn je ist. Als ich aufgebahrt in der Leichenhalle lag, hat Papa, obwohl er über meinen Tod wahrscheinlich noch verzweifelter war als meine Freundin Marie, sich selbst zusehen können, wie er sich bei ihr einhakte und wie er sie in der Eiseskälte einer bereits winterlichen Sonne genauso wie einen Sänger auf der Bühne dazu bringen wollte zu singen: »Es lebe die Sonne! Es lebe die Sonne!« Sie weinte, schluchzte, war untröstlich und wollte weder singen noch rufen, doch er ließ sie nicht los, weinte ebenfalls, aber ohne sich davon abbringen zu lassen, er wollte es unbedingt, schüttelte sie und bestand regelrecht darauf. »Ruf es hinaus, sing es mit mir: Es lebe die Sonne!« Er drehte sie mit dem Rücken zur Totenhalle, das Gesicht auf den blauen Himmel gerichtet, und hielt unbeirrt an seiner irrsinnigen Übung fest. Er hüpfte und sang: »Es lebe die Sonne! Es lebe die Sonne! Es lebe die Sonne, trotzdem!«

Endlich gab sie nach, warum auch immer. Um dem vor Trauer lächerlich und verrückt gewordenen Alten einen

Gefallen zu tun, der zwei Meter vom Sarg seines Sohns entfernt tanzt und grölt: »Es lebe die Sonne! Es lebe die Sonne! Es lebe das Leben!« Durch ihre Tränen hindurch rief auch sie, zwar nicht sehr laut: »Es lebe die Sonne!« Er bildete sich ein, der jungen, völlig niedergeschlagenen und nicht einmal verheirateten Witwe von neunzehn Jahren ein wenig Lebenslust eingepflanzt zu haben. Darum ging es immer nur, um Energie, injiziert in die Seele dieser Frau, die nun einen Toten liebte. Vielleicht stimmt es, dass du es geschafft hast, Papa, hoffentlich. Aber du, wenn du mal ehrlich bist, rufst du immer noch: »Es lebe die Sonne! Es lebe das Leben!«? Noch immer?

Stille. Das Einzige, was man bei dir sicher weiß, ist, dass die Sonne nicht dein Ding ist. Mama dagegen betet sie an.

Die nicht in Worte zu fassenden Glücksmomente ihres Mutter- und Vaterdaseins haben sie, als ich ein Baby war, bis in die Haarspitzen genossen. Welch ein Glück, mit dem Leben zu leben.

Jetzt müssen sie mit dem Tod leben. Die Momente der Trauer lassen sich in Worte fassen. Die Zeit des Todes ist entsetzlich gut mit Worten zu beschreiben. Papa steckt mittendrin.

Als guter, moderner Stoiker glaubt Papa – wie heute wahrscheinlich jeder –, dass das wahre Glück der Augenblick sei, den man gerade erlebt. Nicht auf die Zukunft hoffen, sich nicht an der Vergangenheit festhalten, voll und ganz den Moment leben, und schon habe man Glück.

Eine Gleichung: Ist also jetzt, da ich tot bin, dein wahres Glück der momentan empfundene Schmerz?

Alles, was Papa von seiner Verzweiflung ablenken könnte – berufliche Verpflichtungen, Telefonanrufe, weitere Schritte usw. –, ist ihm zuwider. Das Einzige, wonach er sich wirklich sehnt, ist die vertraute Gegenwärtigkeit des Leids, das mein Tod in ihm auslöst. Mit dieser Gegenwärtigkeit wird er eine Weile beschäftigt sein. Er will den Moment voll und ganz leben. Und deshalb kultiviert er ihn. Zieht sich zurück. An meinem Grab sitzen und weinen, ringsum der grenzenlose Himmel von Douarnenez, im Hintergrund das Meer, vor dem mein Grab winzig klein aussieht, weinen, den Schmerz aufnehmen, ihn fast lieb gewinnen. Das magere Glück seines jetzigen Moments ist sein Unglück.

Papa ist sauer auf jeden, der ihn davon abbringt.

Um mit mir in Kontakt zu bleiben, liest Papa wie ein Besessener in meinen Aufzeichnungen. Eines Abends, während er freudlos in meinen Sachen stöbert, findet er zwischen zwei Absätzen von Platon ein Zitat von Pat Metheny, dick mit Rot eingekreist: »Für eine Streicheleinheit genügt Musik.« Für mich wie auch für dich bedeutete Musik Streicheleinheiten. Er kichert. *Die Musik, die Kunst? Von Platon nicht gerade sehr hoch angesehen*. Er spricht noch immer mit dem Philosophieschüler. Weiter unten entdeckt er eine quer über den Rand gekritzelte Bemerkung: »Verzicht: Worauf verzichten?«

Papa, ich habe dir Hefte dagelassen, in denen du noch jahrelang herumblättern kannst.

Wenn ein Vater von seinem Sohn erbt, sind es Aneinanderreihungen unbegreiflicher Wörter. Ein zeitliches Durcheinander.

»Verzicht: Worauf verzichten?« Papa kommt noch einmal darauf zurück. Enthält meine Bemerkung vielleicht einen verborgenen Sinn? Zweifellos stammt sie von einem Lehrer aus irgendeiner Unterrichtsstunde, aber woran habe ich gedacht, als ich sie in meinen Hefter schrieb, über welchen Verzicht hat mich mein Lehrer zum Nachdenken gebracht? Eine Liebe? Das Leben? Papa, halt! Du erzählst Blödsinn. Ich konnte auf nichts verzichten. Wenn es darum ging, im Restaurant Essen zu bestellen, bedeutete das für mich, auf der Speisekarte Gerichte auszusortieren; das war für mich beinahe unmöglich, ich war wie gelähmt, während der Kellner geduldig mit dem Stift in der Hand abwartete. Eine endlose Folter. Wie soll man sich zwischen einer Pastete in Blätterteig und Burgunder-Schnecken entscheiden? *Verzicht: Worauf verzichten?* Papa, Vorsicht: Der Tod verleitet dich dazu, dem kleinsten Detail Bedeutung beizumessen. Dabei weißt du genau, dass diese Bedeutung nie die richtige sein wird, sie ist nicht mehr als ein schlechtes Märchen, Bitterkeit, Reue, Zweifel, ein verbogener Rückspiegel.

Vielleicht habe ich auf nichts verzichtet. Vielleicht doch. Ja und?

Mama nuschelt unablässig in ihren Schleier aus Tränen: »Das ist ungerecht, einfach ungerecht!« Zu Papa passt das nicht, »ungerecht«. Er ist nicht gläubig. Wenn es Ungerechtigkeit gibt, gibt es auch einen Ungerechten, Gott. Oder schlimmer: Es gibt den, der eventuell akzeptiert hat zu sterben, mich. Papa kann dieses Leitmotiv nicht ausstehen. Nein, es ist so wenig ungerecht wie gerecht: Es ist nichts als ein Chaos. Papa würde die Vorstellung gefallen, dass die Katastrophe aufgrund eines golden und blau schimmernden Flügelschlags irgendwo am Rand der pazifischen Inseln bei uns ausgelöst wurde. Dank des Schmetterlings, dank der unabänderlichen, unglaublichen Entfernung gäbe es weder Schuldige noch Ungerechtigkeit, nur ein paar Schwingungen in der Luft und dann dieses Erdbeben, die Meningitis, die wie ein Meteorit auf mir eingeschlagen ist.

Papa dreht sich im Bett zur Seite und streichelt Mama, die sich an die Hoffnung auf Schlaf klammert.

Papa ist es unbegreiflich, wie er in einem solchen Moment erotische Träume haben kann. Ich bin vor kaum zwei Wochen gestorben, er weint zehnmal am Tag, jeden Abend überschwemmen ihn riesige Wogen der Verzweiflung. Und da tauchen in seinen Nächten nackte Frauen auf, Frauen, mit denen er schlafen wird. Die eine bemalt er – oh!, wenn der Pinsel über ihre Brüste fährt! Mit einer anderen macht er es im Stehen. Eine Nacht bin ich sogar dabei und schaue zu. Eine Frau macht zwischen ihm und Mama die »Scheibe Schinken«. Das ist Familienslang. Auf diese Art haben wir drei immer herumgealbert, als ich klein war, aber auch viel später, letzten Monat noch, glaube ich; ich liebte diese Sandwiches, ich Schinken, sie die Scheiben Brot.

Es herrscht allmorgendliches Chaos.

Etwa zehn Tage vor meinem Tod war Mama besorgt von der Mammografie zurückgekommen, eine kleine Zyste in der linken Brust. Untersuchungen wurden eingeleitet, Röntgenaufnahmen nach Brest geschickt. Definitive Diagnose in drei Wochen. Papa bangt. Martine G., die befreundete Gynäkologin, versichert, dass es normal ist, in diesem Alter Zysten zu haben, man muss sie beobachten, das ist alles. Pierre G. meinte sogar, dass man nie eine gesunde Zyste operieren sollte.

Nein, bitte nicht das! Gnade! Kein Krebs für Mama. Mit dem Tod seines Sohns hat Papa geglaubt beziehungsweise wie ein Hoffnungsloser gehofft, ihm sei das Schlimmste, was einem widerfahren kann, widerfahren. Irrtum, er kann noch andere schreckliche Dinge erleben, den Tod seiner geliebten Frau, Einsamkeit, Armut, Krieg, Krankheit, körperliches Leid, Verfall und andere persönliche Katastrophen. Bild dir nicht ein, du wärst Titus Andronicus, Papa. Nur weil dein einziger Sohn gestorben ist, hast du noch lange nicht das Schlimmste kennengelernt. Noch kannst du nicht in schallendes Gelächter ausbrechen.

Heute Morgen sind die Ergebnisse eingetroffen. Negativ. Mama und Papa können es gerade so positiv nehmen.

Papa muss sich in Narzissmus üben. Liebkosen, lächeln, bewundern. Er muss sich wieder selbst lieben. Zurzeit findet er an nichts Gefallen, nichts spricht ihn an. Heißt das, dass er einen Nachkommen gebraucht hat, um sich selbst zu lieben? Gestern Abend hat es Papa in Worte fassen können und zu Mama gesagt: Der Sinn seines Lebens, der Sinn seiner Welt, liegt in der Vektorfolge der Dinge, und ich war zu deren Ursprung und Horizont geworden. Jetzt weiß er nicht mehr, wie er die Welt ordnen soll. Welchen Sinn hat sie, so sie überhaupt einen hat? Papa hat seine apriorischen Bedingungen der Wahrnehmung verloren. Schulmeisterlich sagte er einmal zu mir, dass bei Kant Raum und Zeit so etwas wie Softwareprogramme sind. Aktuell hat er eine schwerwiegende Errormeldung, ich bin sein Programm gewesen, sein GPS – das war ihm nicht bewusst.

Der Sinn des Lebens ist ein Vektor, nichts weiter als ein Vektor, eine Richtung. Momentan ist nichts mehr mit Pfeilen gekennzeichnet, sein Kompass hat Leerlauf.

Aber nein, da ist ja noch jemand: Martine! Sinn! *Es lebe das Leben!* Papa kommt wieder zu sich. Nicht lange, denn er hat Angst, kindliche Angst davor, dass sie ihn eines Tages verlässt, dass sie vor ihm stirbt, Angst vor Krebs, Angst, dass sie ihn nicht mehr liebt! Der Kompass dreht durch. Papa entdeckt seine Abhängigkeiten.

Mama beteuert: »Du weißt, ich würde es verstehen, wenn du ein Kind haben wolltest, aber das wäre notgedrungen von einer anderen Frau, notgedrungen.« Er wird es nicht tun.

Louise und Papa gehen am Hafen spazieren. Louise versucht, Papa ins Gewissen zu reden. Dieser Termin mit der Psychologin am Tag nach meinem Tod sei als ein Versprechen an das Leben zu verstehen, ein Zeichen meiner Lust zu leben, genauso wie mein Abo von *Le Monde* und bei der Oper. Vielen Dank, Louise, dass du Papa hilfst. Sie erklärt, dass jeder junge Mensch um die zwanzig zum Psychologen gehen sollte, um über das zu reden, worüber er weder mit Eltern noch mit Freunden reden kann. Wahrscheinlich war es das, was ich bei der Psychologin wollte, ich musste nur gründlich überholt werden, nachdem ich mich in der Adoleszenzphase über mehrere Runden eingefahren hatte. Das hätte er gern.

Seine Wahnvorstellungen verkapseln sich jedoch nach wie vor in ihm. Momentan gibt es eine andere Sache, die ihn mit Blindheit schlägt: Im Laufe der letzten Jahre bis unmittelbar vor meinem Tod hatte er mindestens fünf oder sechs

Opern über den Tod inszeniert. Und sogar einmal eine Aufführung über die Trauer um ein Kind. Warum? Warum ausgerechnet dieses ewige Kreisen um die Trauer? Jetzt hält er das alles für Vorausdeutungen, wenn nicht sogar für einen bösen Zauber. Folter. Und warum hat er 2001, zwei Jahre vor meiner Meningitis, noch eine Oper in Auftrag gegeben – *Sumidagawa*, die Susumu Yoshida gerade komponiert und die erneut vom Tod eines Kindes handelt? Das Unbewusste dringt überall vor, Papa vom Wahn umzingelt.

Na gut, wird er eben wieder einen Psychologen aufsuchen.

»Wenn ihr mich fragt, wie es mir geht, was soll ich euch antworten? Wenn ich sage, es geht mir nicht gut, wäre das eine Art Hilferuf. Also, schlecht geht es mir nicht, ich bin nicht schwach, nein, ich bin nicht außerstande zu arbeiten. Aber ich schulde euch die Wahrheit, ich kann nicht sagen, dass es mir gut geht: Mir geht es ganz und gar nicht gut. Es ist also einfacher und schlimmer zugleich. Mir geht es nicht schlecht, und mir geht es nicht gut. Zu einem anderen Zeitpunkt werde ich versuchen, euch diese Trauer ausführlicher zu erklären. Heute nicht.«

Letzten Montag im Theater, als er wieder zu arbeiten begann, richtete sich Papa mit diesen Worten an seine Mitarbeiter.

Papas Augen hören nicht auf zu weinen. Als hätten die unwillkürlich fließenden Tränen die Macht übernommen und sich maßlos an seinen Sehschlitzen vergangen. Das hat zur Folge, dass sein linkes Auge von ganz allein weint, selbst wenn Papas Seele gar nicht genau weiß, ob sie es ist, die gerade weint.

Es ist jetzt zwei Wochen her, dass ich gestorben bin. Morgen früh, das hat sich Papa fest vorgenommen, wird er auch den Rest meiner schmutzigen Wäsche in die Reinigung bringen. Jedenfalls nicht heute Abend, morgen. Die Stunden vergehen. An Schlaf ist nicht zu denken. Papa öffnet iPhoto in seinem Computer. Geradezu zwanghaft versinkt er in den Fotos aus meinem Leben, die er nicht müde wird, sich Tag für Tag anzuschauen.

Album Gras 2003. Die letzten Aufnahmen, die ich selbst gemacht habe. Es war dieses Jahr Anfang März, vor sechs Monaten, an Karneval. Mama und Papa hatten sich verkleidet – im orientalisch-venezianischen Stil, sie sahen lächerlich aus, aber es war lustig, sie so maskiert und übermäßig geschminkt zu sehen, nicht wiederzuerkennen. Verkleidet wie die Kinder – dafür waren sie doch viel zu alt! Ganz Douarnenez feierte Les Gras, das Karnevalsfest der Fischer, und sie mittendrin. Nur ich hatte keine Lust, mich zu verkleiden. Heute vermutet Papa, dass sie mich mit etwas mehr Drängen wahrscheinlich dazu gebracht hätten, ein Kostüm anzuziehen. Ein wenig Ermunterung hätte tatsächlich gereicht. Aber ihr habt euch nicht getraut. Pech. Für wen eigentlich, für mich oder für euch?

Album Hafen von Douarnenez. 24. Oktober, der Tag vor meinem Tod. Morgendämmerung, Bilder eines traumhaften Sonnenaufgangs über einem Dunstschleier am Strand von Ris, gegenüber vom Haus. Normalerweise verspricht die Morgendämmerung Verheißungsvolles. Heute ist nichts Verheißungsvolles mehr da. Papa schaudert es beim Anblick dieser stimmungsvollen Morgendämmerung, die nichts verkündet, weder Frieden noch das Unheil vom Tag darauf. Wütend löscht Papa das Album.

Album 25. Oktober 2003. Es galt, keine Zeit zu verlieren. Angesichts des Zustands, in dem ich mich befand, bat das Krankenhaus darum, mich vom Reanimationsraum, in dem ich gerade verstorben war, direkt in die Leichenhalle überführen zu dürfen. Hohe Wahrscheinlichkeit eines beschleunigten körperlichen Zersetzungsprozesses. Da meine Klamotten kaputt sind, weil sie hastig mit der Schere auf dem OP-Tisch zerschnitten wurden, und überall Blutflecke haben, ist es ratsam, mich vorher noch umzuziehen.

»Beeilen Sie sich, ziehen Sie ihm schnell noch andere Sachen über. Das wäre angebracht. Außerdem schließt die Leichenhalle in zwei Stunden.«

Sie begreifen, ohne zu begreifen, ich muss umgezogen werden, bevor mein Körper zu steif geworden ist. Sie folgen willenlos. Grauenvolle Autofahrt von Quimper nach Douarnenez und zurück, um in aller Eile die Wahl meiner letzten Kleidung zu treffen. Ich bin nicht einmal eine Stunde tot und schon im Totengewand! Weinend, kreischend, am Boden zerstört, fassungslos darüber, sich meinem Tod scheinbar schon ergeben zu haben, sind Mama und Papa im Auto losgerast, zwanzig Kilometer, blindlings wie die Idioten. Zu Hause angekommen schnappen sie sich meinen blauen Kapuzenpulli, den schwarzen Jogginganzug, die schwarzen Turnschuhe, weiße Socken und ein Paar Unterhosen – bestimmt kommt man nicht ohne Unterhosen auf den Friedhof. Schluss, es reicht, schnell zurück zum Krankenhaus, Lion ist dort, schnell wieder zu ihm, bestürztes Weinen, zurück nach Quimper, zwanzig Kilometer durchgehend von Tränen geblendet, Gefahr im öffentlichen Straßenverkehr. *Lion ist dort, Lion ist dort*, als hätte ich da bereitgestanden.

Wie hat Papa in dem Wirbel noch daran denken können, seinen Fotoapparat einzustecken? Wer Foto sagt, sagt Blick, Distanz, Schritt zur Seite. Der Paparazzo fotografiert, anstatt dem kleinen, mit dem Tode ringenden Mädchen zu Hilfe zu eilen. Will Papa, anstatt zu weinen, wirklich Bilder von meinem Tod machen?

Heute Abend sortiert Papa die dreiundfünfzig Aufnahmen im *Album 25. Oktober*: meine Leiche nach vollem Beschuss mit bläulichen Meningokokken. Dreiundfünfzig Aufnahmen von Papas nunmehr unvergänglicher Gegenwart. Hässliche, sehr hässlich anzusehende Fotos. Aber eben Fotos, eindeutig vorhanden, zugegebenermaßen sogar *glücklicherweise* vorhanden: Papa hätte sich auf ewig Vorwürfe gemacht, wenn er es gelassen hätte. Er weiß nicht, welche Kräfte ihn dazu bewegt haben, das gierige Objektiv auf mich zu richten, anstatt mein Gesicht zu streicheln, in der Hoffnung, dass die Kälte mich nicht besiegt. Jedenfalls haben die Kräfte gewirkt, obwohl er sie nicht besonders mag, da sie seiner Ansicht nach etwas Ungesundes, Teuflisches an sich haben. Aber nun sind die Fotos da, kurz nach meinem Tod, und das ist ihm wichtig. Unermüdlich retouchiert Papa die unter Tränen gemachten Aufnahmen im Reanimationsraum, in dem ich nicht mehr reanimiert wurde.

Zur selben Zeit sitzen rund um die Welt eine Million Amateurfotografen am Bildschirm und basteln wie Papa an ihren Familienfotos. Mindestens eine Million, vielleicht zwei Millionen, zwei Millionen globalisierte Fotografenklone. Da rücke ich dich wieder in die Mitte. Da mache ich deine roten Augen weg. Da mache ich dich unscharf. Da richte ich dich auf. Und da entferne ich das Bildrauschen. Drehen, vergleichen, bearbeiten … Meistens bearbeiten diese Amateurfotografen das Leben, und sie haben wahrlich ein schönes Bild von ihrem Leben, das Lachen eines Kindes, die lieblichen Züge einer Landschaft oder deren kolossale Gewalt, das neue Auto für die nächste Reise, die goldglänzende Haut der Geliebten. Papa werkelt wie alle herum. Er ist globalisiert, kein Original. Doch er bastelt an meiner unter Beschuss geratenen Leiche. Und fühlt sich sehr allein.

Früher hat man von der Hand des Toten Abgüsse hergestellt – und diese anschließend auf dem Wohnzimmerkamin postiert. Heute macht man Fotos, die sortiert und archiviert werden.

Ich sehe grauenvoll aus. Mein blitzartig eingeschlagener Tod ist noch hässlicher als der Tod an sich. Papa hat ein morbides Hobby. Die Maus läuft über den Bildschirm, Tastenkombinationen, Alt-Apfel-Shift, Papa vervielfältigt. Er schiebt den Kontrastausgleich auf null, und ich verblasse, meine Leiche auf dem OP-Tisch wird zu einem Gespenst. Speichern. Er klickt auf ein anderes Bild, die schönen, goldglänzenden Hände von Mama umschließen meine Finger mit den blauen Fingernägeln. Wieder speichern. Einstellung auf mein linkes Profil, speichern, rechtes Profil, speichern, nächste Einstellung auf seine eigene Hand, die über meine noch nicht ganz eisige Stirn fährt, speichern, speichern. Papas Rechner rattert wie verrückt. Was speichern?

Wegen der vielen Kopien und Bearbeitungen werden aus den dreiundfünfzig Fotos, die Papa, dieser von Liebe und Leid besessene Fotograf, im Reanimationsraum gemacht hat, erst einhundertfünfzig, dann zweihundertfünfzig und letzten Endes fünfhundert computermäßig gehegte und gepflegte Sammelbildchen. Die überarbeiteten Fotos vermehren sich rasch. Papa streichelt mich mithilfe von Pixeln.

Objektiv betrachtet frisiert Papa eine längst zu Asche gewordene, alte Leiche. Ein Amateurhorrorfilm.

Er verbringt nicht die gesamte Zeit am Rechner. Auch nachts weint er viel.

2. Kapitel

…Das Kind, das ich eben hatte
Nanu! Hab ich es nicht mehr?

VICTOR HUGO

AM SAMSTAG, DEN 25. Oktober 2003, um zwölf Uhr, siebzehn Minuten und vierundfünfzig Sekunden ist das Bankkonto mit dem Betrag von einhundertdreißig Euro und siebzig Cent belastet worden. Papa lässt diese präzise Angabe auf dem Bon, den ihm die Kassiererin vom Intermarché gegeben hat, unentwegt zwischen seinen Fingern kreisen, achthundertdreiundsechzig alte Francs um Viertel nach zwölf. In vier Stunden würde ich tot sein, und Papa kauft im Supermarkt ein.

Er wird ihn von nun an hassen, den unumgänglichen wöchentlichen Einkauf. Schon seit Langem verachtete er diese Orte im Nirgendwo – grässliche Musik, mittelmäßige Produkte, anbiedernder Aufbau, schemenhafte Menschen, die sich in gebückter Haltung von einem Regal zum nächsten schieben. Dennoch ging er Woche für Woche dorthin – die Paradoxien von heute. Dass er die letzten Viertelstunden, in denen er die Möglichkeit gehabt hätte, bei mir zu sein, dort vergeudet hat, dieser Gedanke macht ihn fertig. Jedes Mal, wenn er nun über die Türschwelle des Intermarché tritt, schlägt ihm diese verlorene Zeit, als der Tod im Galopp auf mich zueilte, jäh ins Gesicht. Er war in diesem *Nirgendwo*, anstatt bei mir. Im Supermarkt ist man kein Lebender unter den Lebenden, und erst recht nicht unter den bald Sterbenden. Er glaubt, ich hätte an jenem Samstag in meinem Fieberwahn nur darauf gewartet, dass er vom Einkauf zurückkommt – als ob ich in dem Moment nichts anderes zu tun gehabt hätte.

Papa schiebt seinen Einkaufswagen vor sich her, beladen mit Pizzas, Coca-Cola, Sandwiches und anderem Müll, den ich nie verzehren werde – und doch war alles, was er einpackte, ausschließlich für mich. Noch geht er davon aus, ein gemeines, Beklemmungen auslösendes Fieber würde mich seit gestern Abend ans Bett fesseln, und er schiebt seine blöde Karre weiter an zig Werbeslogans vorbei. Meistens teilen sich Mama und Papa die Aufgaben: Papa ist zuständig für den Markt, Waschpulver, Wasser, Tiefkühlgemüse, Milchprodukte und so weiter. Mama kocht. Hin und wieder tauschen sie die Rollen. An jenem Morgen nicht. Pech für Papa, Glück für mich: Mama sollte sich sehr fürsorglich um mich kümmern, mehr, als sie es je getan hat. Ich habe Fieber, ihr Baby braucht sie. Als er die Einzelheiten erfährt, staunt Papa über die Effizienz, mit der Mama diese unglaublichen Stunden ausgefüllt hat. Und neidisch ist er auch.

Mama macht sich große Sorgen, wie immer, wenn ihr Sohn Fieber hat. Sie redet sich Mut zu, sagt sich, dass sie jetzt nicht den Kopf verlieren darf, dass sie seit einundzwanzig Jahren, die es mich gibt, bestimmt hundertfünfzigmal wegen nichts fast den Kopf verloren hätte. Trotzdem geht es ihr schlecht. Sie beherrscht sich, verbirgt ihre Angst vor mir und telefoniert mit Freunden. »Lion hat hohes Fieber, ja, ich weiß, momentan ist die Grippe im Umlauf.« Sie ruft den Bereitschaftsarzt an – aber niemand antwortet, kein extra Arzt, der samstagvormittags in Douarnenez Notfalldienst hat –, sie wählt die Nummer eines Arztes vor Ort, dessen Name ihr gerade einfällt – der eine, den sie endlich erreicht, braucht Stunden, bis er kommt, zu spät –, sie richtet einen Notruf an den Rettungsdienst, der anderes zu tun hat, als ein Fieber zu behandeln, und sie auf ihren Hausarzt verweist – aber der ist nicht da. Sie dreht sich im Kreis. Ich gestehe Mama, dass ich mich ganz und gar nicht gut fühle. Es ist 11 Uhr 30. Die Panik steigt.

Um mich nicht zu beunruhigen, greift sie heimlich zu ihrem Handy und ruft Papa an. Mein Fieber ist sehr hoch – einundvierzig Grad –, Papa soll umgehend in der Apotheke fiebersenkende Medikamente besorgen. Papa unterbricht den Einkauf und stellt sich vor der Apotheke in die Schlange. Er hat gerade das Aspirin bezahlt, als Mama noch einmal anruft: Gute Freunde hätten ihr geraten, auch homöopathische Mittel zu nehmen. Angeblich hochwirksam gegen Fieber und Grippe, die auch deren zwei Söhne gerade hinter sich hätten. Trotz seiner totalen Verachtung dieser Homoöpathien und Homöopathen geht Papa noch einmal in die Apotheke – die Vorurteile hat er seiner Mutter zu verdanken, die sich mit voller Begeisterung und seit jeher sämtlichen Varianten medizinischen Aberglaubens verschrieben hat, wofür sein Vater bloß Spott und Hohn empfand, der auf all die Scharlatane, die sie aufsuchte, mit Skepsis und Eifersucht reagierte. Diesen Morgen macht Papa ohne Murren kehrt: Noch einmal stellt er sich vor der Apotheke an, leider sind nicht alle homöopathischen Tabletten vorrätig, sie müssten bestellt werden, er winkt nicht ab, sondern willigt ein. Dann jedoch, von der Vernunft getrieben, fährt er zum Supermarkt zurück, um den restlichen Einkauf zu erledigen. Denn was die Homöopathie betrifft, stützt er sich auf Billigargumente vom Typ: Heilung durch Scharlatanerie gleich eingebildete Krankheit. Aber da erreicht ihn erneut ein Anruf von Mama. Es ist nach Mittag, das Handy hat schlechten Empfang, die Stimme klingt abgehackt, entweder die Strahlen oder der Stress. Papa läuft im Eilschritt durch die Gänge. In der Tiefkühlabteilung ist der Empfang besser. Es wird auf einmal ziemlich kalt. Mama sagt, die Sache habe eine höchst bedrohliche Wendung genommen. Auf meinem Arm sind schwarze Flecken aufgetaucht, der Rettungsdienst hat endlich eingesehen zu kommen. Sie braucht ihn dringend. Papa rennt zur Kasse, fragt, ob er vordarf, sechs Personen treten in der Schlange zurück, er zahlt. Seine EC-Karte funktioniert nicht, falsche Geheimzahl. Noch einmal. Wieder falsch. Papa überlegt, den Wagen einfach stehen zu lassen. Er rastet innerlich aus. Warum diese schwarzen Flecken auf meinem Arm? Er denkt sofort an Drogen und verstrickt sich in Hirngespinste: Bestimmt hatte ich dieses Zeug geschluckt, diese Pilze, von denen man Halluzinationen bekommt! Die Zahlen verschwimmen. Risiko. Da es mit der Geheimzahl nicht klappt, nimmt er die Karte vom Theater – grober Verstoß, Veruntreuung von Geschäftskapital, Pech, auch egal, wird er später zurückzahlen, nur nicht vergessen, es ist zu wichtig –, er tippt vier Ziffern ein, die Geheimzahl stimmt, Gott sei Dank. Schnell den Kofferraum beladen, losfahren, die Rue Jean Jaurès entlang, wie der Blitz vorbei am Friedhof von Ploaré, am Meer, beim Tod, wo ich ab nächste Woche wohnen werde.

Endlich zu Hause angekommen, nimmt er vier Stufen auf einmal die Treppe hinauf in mein Zimmer. Von Mama erfährt er, dass der Rettungsdienst jeden Augenblick kommen muss. Sie flüstert, um mich nicht zu beunruhigen. Er tritt ans Bett. Ich lächle ihn an. Er nimmt meine Hand. Obwohl ich mich schlapp fühle, gelingt es mir, ihn sorglos anzuschauen und zu begrüßen. Das beruhigt ihn ein wenig. Mama bittet ihn, sich zu beeilen: Der Krankenwagen und eine Trage würden bald hier sein. Alles muss vorbereitet sein, wenn der Rettungsdienst kommt, Stühle, Tische, Möbelstücke, die den Weg der Sanitäter versperren könnten, müssen aus dem Weg. Schade. Papa muss meine Hand loslassen. Er stürzt die Treppe hinunter, parkt das Auto, leert den Kofferraum und verstaut den Einkauf in Kühl- und Gefrierschrank. Er glaubt, alles für heute Abend vorzubereiten, für die Rückkehr des aufgepäppelten Sohns aus dem Krankenhaus, auf dem Weg der Besserung und mit einem Bärenhunger – er glaubt es noch immer. Zehn Minuten nicht in meiner Nähe. Drei Minuten, um das Auto umzuparken, damit sich der Krankenwagen genau vor die Haustür stellen kann. Papa kommt wieder, rollt hastig einen Teppich ein, über den die Krankenträger stolpern könnten. Vom aufwirbelnden Staub muss er niesen. Er sucht nach einem Taschentuch. Eine halbe Minute. Er schafft im Eingangsbereich alle Stühle weg, reißt sämtliche Türen auf, macht es auf der Treppe so hell wie möglich und hievt zwei Kartons mit Partituren zur Seite. Zwei Minuten. Papa bereitet die Zukunft vor, er schuftet für die Zeit nach meiner Genesung. Alles in allem eine gute Viertelstunde, in der Papa nicht da ist. Er ist nicht bei mir, ist woanders wie alle Männer, immer haben sie schon wieder etwas anderes im Kopf als den Moment, in dem ich sterbe.

Er rennt wieder hoch in mein Zimmer, fasst meine Hand, streichelt über mein rechtes Bein. Auf meinem Oberschenkel ist gerade ein schwarzer Punkt aufgetaucht. Es ist der erste, den er auf meinem Körper sieht. Stopp. Er ist starr vor Schreck, ein unbekanntes Symptom. *Es ist ernst*, denkt er im Stillen. Auf der Straße eine Sirene, der Rettungswagen kommt. Er geht wieder weg, rennt hinunter, die Tür öffnen. Der Arzt kommt herauf, eine Frau in weißem Kittel. Sie schaut sich meinen Zustand an, nicht länger als dreißig Sekunden, und hat sofort begriffen. Sie nimmt Papa zur Seite und sagt leise: »Es ist ernst, sehr ernst.« Ein Schlag ins Gesicht. Dieses Mal haben es nicht er oder Mama gesagt: Dieses Mal wird es ihnen gesagt. Seitens der Ärztin sichtliche Unruhe, Panik. Auf ihre Anordnung hin ziehen die Sanitäter Mundschutz und Handschuhe über. Ein Atomkrieg ist ausgebrochen.

Montag war es wie im Paradies zwischen uns. Gestern Abend wurde es besorgniserregend. Jetzt: die absolute Katastrophe. Papa legt sich zu mir und beugt sich über mich. Und während er immer wieder über mein Bein streichelt, flüstert er: »Du musst kämpfen, mein Sohn. Kämpfen.«

Fünf Tage vorher, am Montag, den 20. Oktober, lief im Fernsehen ein Fußballspiel. Es war uns ein guter Vorwand, um noch bis spät in die Nacht miteinander zu telefonieren, er in Douarnenez, ich in Rennes, so ausgelassen und heiter wie selten. Anfangs unterhalten wir uns über das Spiel, großartiger englischer Spitzenfußball. Aber schon bald wendet sich unser Gespräch unwillkürlich Wichtigerem zu. Papa erzählt mir vom Leben, von der Philosophie und wie beides zusammenhängt, Zusammenhänge, die in den Lehrbüchern meist nicht hergestellt werden, eigentlich gar nicht, meint er – »und das wahrscheinlich absichtlich, als hätten philosophische Ideen mit dem Leben nichts zu tun«. Papa ist der Ansicht, dass sich viele Kommentatoren, Direktoren, Beamte und selbst Künstler verhalten, als ob Kunst, Theater, Musik, Malerei nicht sonderlich viel mit dem Leben zu tun hätten. Wahrscheinlich ist das auch ihr größter Wunsch, eine Welt für sich. Davon ist Papa geradezu überzeugt, nachdem in den letzten dreißig Jahren der Formalismus, Konzeptualismus, Strukturalismus, die Postmoderne und alle anderen »Ismen« je nach Mode ihre Blütezeit erlebt haben. Alles, was Einfluss hat, drückt den anderen seine Meinung auf, sodass es in Frankreich seit den Siebzigern anscheinend verboten ist, Geschichten zu erzählen. Papa wettert gegen die Sektierer. »Aber Gott sei Dank, Gott sei Dank gibt es noch Genies, denen nichts etwas anhaben kann.« Er versucht, nicht zu verbohrt zu klingen, wenn er wieder von seinem Lieblingsthema anfängt. Aber es gelingt ihm nicht. Sie nerven ihn, diese Künstler, die nur mit Künstlern sprechen, und diese Philosophievorlesungen, in denen es ausschließlich um die Geschichte des Denkens und um brillante – oder dämliche – intellektuelle Herausforderungen geht, meilenweit von uns entfernt. »Philosophie ist eine Lebensweise.« Papa zieht über die Welt der reinen Formen und der richtigen Anschauungen her.

Papa hat einen Ohrhörer, ich nicht. Das Telefon wird langsam heiß.

Papa hat geahnt, dass ich mit meinen Seminaren an der Uni nicht gut zurechtkomme. Möglicherweise komme ich auch mit meinem Liebesleben nicht zurecht. Durchaus möglich in meinem Alter. Er lässt die Anschauungen fallen und erzählt aus seinem eigenen Leben. Das Telefon, wenn auch glühend heiß, hilft uns, die richtige Distanz zu wahren. Nach dem Vorgeplänkel über Fußball, Musik und Philosophie der Philosophie spricht Papa endlich über sich, über sein Liebesleben und seine Höhen und Tiefen. Um mir diskret zwischen den Zeilen zu sagen, dass auch mein Leben seine Höhen und Tiefen haben wird, die man nehmen muss, wie sie kommen. Dafür benutzt er Metaphern, man müsse einen Schritt durch die Pforte gehen, eine enge Pforte. Das hatte ich schon mal gehört; die Formulierung hat er bei André Gide aufgeschnappt, als er in meinem Alter war – ich dagegen habe in der Schule bloß eine Zusammenfassung über Gide gelesen. Eine enge Pforte zu durchschreiten tut weh. Man glaubt, man schafft es nicht, aber wenn man durchkommt, ist man tierisch weit gekommen. Tierisch, genau das Wort hat er benutzt.

An diesem letzten Montagabend meines Lebens ermuntere ich Papa, sich weiter so mit mir zu unterhalten. Ich habe keine Angst. Es ist ungewohnt für uns. »Erzähl ruhig weiter, Papa.« Er ist gerührt, fast erstaunt, dass ich so offen und aufmerksam bin. Ein kribbelndes Glücksgefühl. Nächste Woche wird er einen Schreck bekommen, im Nachhinein, wenn ich tot bin. Der Jugendliche in mir hat dem herannahenden Erwachsenen nachgegeben. Ein ethisch-theoretisches Zwiegespräch mit seinem Sohn. Welchen Papa würde das nicht zutiefst anrühren? Papa genießt es. Ich auch. Er liegt wie gewohnt auf seinen drei übereinandergestopften

Kissen im Bett, während ich mich in zweihundertfünfzig Kilometern Entfernung auf meinem Bett herumfläze. Wir sind füreinander da. Das Telefongespräch wird gute anderthalb Stunden dauern. Das gibt eine gesalzene Rechnung, aber Papa zahlt, und der pfeift drauf bei dem Preis-Leistungs-Verhältnis.

In weniger als fünf Tagen werde ich tot sein. Das wissen wir natürlich nicht. Aber vom Moment meines Todes an wird Papa fast wahnsinnig bei dem Gedanken, ich könnte eventuell irgendetwas an dem Montag am Telefon geahnt haben. Ich war dermaßen aufgeschlossen, dermaßen offen für alles, hatte ich mich da nicht bereits der anderen Seite des Flusses genähert? Selbstverständlich nicht bewusst. Aber hatte ich nicht doch irgendetwas in mir, ein Stückchen von diesem *Etwas*, ein Molekül, eine Mikrobe, eine Zelle, ein winziges Teil an der Grenze vom Körperlichen zum Immateriellen, das wusste, dass der Tod bereits in mir zugange war?

Nichts und niemand bereitete sich auf den Kampf vor, weder ihn noch mich. Absoluter Frieden während einer innigen Unterhaltung am Montagabend, es lebe die Telefongesellschaft. Und der unsichtbare, reißende Fluss des Todes. Es lebe nichts.

Vier Tage später, Freitag, 24. Oktober, Mitternacht. »Hilf mir, mein Sohn, hilf mir!« Papa sitzt auf dem Bettrand und windet sich. Er hat starke Rückenschmerzen wie häufig. Und das ist nicht alles. Vorhin ist ihm der Kofferraumdeckel auf den Kopf geknallt, während er die Sachen aus dem Lebensmittelgeschäft auslud, wo er kurz reingesprungen war – der Großeinkauf wird ja morgen Vormittag erledigt. Eine hübsche Beule. Außerdem hat er Kopfschmerzen. Er ist sauer, ärgert sich, dass er eine abgekriegt hat, zumal es auch noch wehtut. Mein Schweigen macht ihn nervös. Schlechte Stimmung. Mein Unwohlsein hat sich im ganzen Zimmer ausgebreitet.

»Sag mir, wie ich dir helfen soll! Vielleicht bringt es dir was, wenn du über das sprichst, was dich quält …«

Ich murre ein Nein. Er fängt trotzdem an. Ich bitte ihn, es sein zu lassen:

»Später, morgen, nicht heute. Wenn ich denke, dreht sich alles.«

Papa lässt es sein. Die aufgeschlossene Atmosphäre von letzten Montag ist meilenweit entfernt. »Dreht sich alles«, »morgen«, »später«: Meine Worte bestätigen ihn in seiner blöden Befürchtung, meine seelische Verfassung wäre am Nullpunkt. Er malt sich aus, ich würde momentan meine Freundin verlassen oder vielmehr sie mich und dass ich ihm nichts davon erzählen will, eine so schöne Liebesgeschichte, die in die Brüche geht. *Kann passieren, das ist ihre Sache*. Er schweigt.

Papas früherer Therapeut gibt sich schwerfällig. Er überlegt hin und her. Um auf den Weg der Besserung zu kommen, wäre es seiner Meinung nach am besten, wenn ich mich mal ordentlich ausheulte und vor allen Dingen ausspräche, anstatt mir hohes Fieber einzufangen, Gliederschmerzen und diesen ganzen somatischen Schnickschnack. Heiliges Wort der Psychologen. Papa versteht rein gar nichts, ich auch nicht. Ich ringe mit dem Tod, er interpretiert, ich bin verloren.

Ich muss mich übergeben. Zurück von der Toilette, will

ich immer noch nicht reden. Er verzichtet auf jeglichen Kommentar und setzt sich neben mich aufs Bett. Streichelt meinen Kopf. Mein Atem ist laut und schwer und sehr schnell. Verstohlen sucht er meinen Puls. Da er ihn am Handgelenk nicht findet, misst er ihn am Hals, ohne es mir zu sagen. Wie eine weitere Liebkosung, um mich nicht zu beunruhigen. Trotzdem muss er nach ihm tasten, er verringert und erhöht abwechselnd den Druck seiner Finger, sucht so lang, bis er ihn endlich hat, er tut mir weh, nicht sehr, doch ich murre. Ungefähr einhundertvierzig Schläge pro Minute, für eine *Marseillaise* zu schnell – dafür muss das Metronom auf einhundertzwanzig pro Minute stehen. Papa glaubt, ich hätte Herzrasen bekommen wie Mama manchmal. Kein Wunder, dass ich so laut keuche. Endlich ein paar Hinweise: Obwohl er schnell ist, bleibt mein Puls regelmäßig, ich versichere, dass ich absolut keine Schmerzen in der Brust habe, auch keine Kopfschmerzen. Seiner stümperhaften Logik folgend schließt Doktor Papa einen Herz- oder Hirninfarkt aus. Er wüsste nicht, warum es sich um etwas anderes handeln sollte als um eine Lebenskrise oder eine Grippe.

»Wo tut es dir weh?«

Mürrisch weigere ich mich, auf seine Fragen zu antworten, fange an zu nörgeln, sobald er es mit irgendetwas probiert. Die Idee, den Notarzt zu rufen, passt mir nicht. Allein sein möchte ich allerdings auch nicht. Wenigstens das lasse ich durchblicken. Erleichtert bleibt Papa sitzen. Berührung.

Seit meiner Geburt hat er sich bei Grippe, Ohrenentzündung oder Magen-Darm-Beschwerden abends neben seinen kleinen Jungen gelegt und kein Auge zugetan. Er hielt Wache. Das gefiel mir. Tagsüber war Mama an der Reihe.

Auch das gefiel mir. Und heute Abend, obwohl ich einundzwanzig und absolut kein Baby mehr bin, die gleiche gewohnte, stillschweigende Aufteilung familiärer Aufgaben. Er wird Wache halten. Nach dem Aufwachen wird Mama ihn ablösen, und Papa wird einkaufen fahren, während Mama auf den Arzt wartet, den sie letztendlich gerufen haben. Aber morgen ist alles anders, ich werde sterben. Auf ewig werden sie sich diese letzten zwölf Stunden immer wieder durch den Kopf gehen lassen, wie er meine Hand in jener Nacht hält, wie sie herumtelefoniert, wie sie beide schwanken zwischen ihrem Glauben an eine banale Grippe durch die viele Kifferei und ihren immerwährenden elterlichen Sorgen.

Es ist also der letzte gemeinsame Abend, ohne dass wir es wissen. Papa macht es sich in dem blöden quietschenden Bett so bequem wie möglich neben mir. Sanft streichelt er über meinen Kopf. Er bietet mir an, neben mir zu schlafen, wie damals, als ich klein war. Ich lehne ab. Und er belässt es dabei. Das wird er bereuen. Hätte er nicht so schnell klein beigegeben, hätte ich vielleicht Ja gesagt. Das hätte zwar nichts geändert, aber ihm wäre die letzte Nacht neben dem heißen Körper seines Sohns zusätzlich bittersüß in Erinnerung geblieben. Wie ein erfülltes Pflichtglück. So wird sich Papa zeitlebens schmerzlich an den Moment erinnern, als er sich todmüde und von Kopfschmerzen geplagt einen Schritt von meinem Bett entfernte und mit unterdrückter lauter Stimme in die Stille hineinmotzte: *Verdammt noch mal, du musst mir schon ein bisschen helfen, mein Sohn, sag mir, was ich für dich tun soll.* Er hatte die Nase voll von meinen stummen, widersprüchlichen Appellen. Heute sind es Schuldgefühle. Leise murrte er Sätze vor sich hin wie: *Wenn er doch nur nicht so wäre wie ich, wenn er bloß Worte für seinen Kummer und sein Leid finden könnte, anstatt sich in somatischen Rätseln auszudrücken*. Im Grunde alles Groll gegen sich selbst. Doch dann die Kehrtwende um hundertachtzig Grad: Papa hört auf zu meckern und sieht mich an. Sanftmütig. Er setzt sich auf den Bettrand, streichelt meine Hand und mein Bein. Nein, kein Groll, er muss mich nehmen, wie ich bin, jeder leidet auf seine Art, es gibt an meinen Symptomen nichts herumzudeuteln. Papa versucht nur, bei mir zu sein, mehr nicht. Papa macht Fortschritte. Familie ist nicht einfach.

Er legt sich wieder neben mich ins Bett. Diesmal wendet er eine Methode an. Er atmet mit mir im Takt, zunächst also ziemlich schnell. Er beginnt bei meinen einhundertvierzig Schlägen pro Minute. Um mir zu folgen, bringt er seine Pumpe, immerhin sechzig Jahre alt, ganz schön ins Laufen. Er spielt sich in meinen Rhythmus ein, um dann, als er spürt, dass wir eins sind, langsam die Wogen zu glätten. Als er sich meinen Atem zu eigen gemacht hat, schlägt er leise vor, das Tempo umzukehren und seinen Herzschlag zu meinem zu machen. Ich lasse ihn gewähren. Intensive Berührung. Seine Sänger auf der Bühne dirigiert Papa nicht anders. Einen gemeinsamen Rhythmus finden, den Körper einer gemeinsamen Sprache und einer gemeinsamen Musik. Anschließend übernimmt er behutsam die Führung.

Ich bremse ab, lasse mich mitziehen. Eine großartige Viertelstunde lang in vollkommener Gemeinsamkeit. Papa findet meinen Puls. Ich bin auf etwa neunzig Schläge pro Minute herunter. Er beruhigt sich tatsächlich. Und kein Schwindelgefühl, kein plötzlich abfallender Blutdruck?

»Nein, mir geht es besser. Mir ist nicht mehr so kalt.«

Ich schiebe sogar die Decke weg, so warm ist mir geworden; von Übelkeit kein Wort mehr. Für Papa sind das alles ausschließlich positive Anzeichen. Meine Beklemmungen lösen sich langsam. Während er über mein Bein streichelt, schlafe ich ein. Er glaubt, seine Methode habe etwas bewirkt. Lautlos geht Papa hinauf in sein Zimmer.

Eine halbe Stunde später muss ich mich übergeben. Als er mich hört, eilt er sofort herbei. Das Schlafzimmer von Mama und Papa befindet sich im Stockwerk über mir. Es war nicht selbstverständlich, dass er mitbekommt, wie ich in die Kloschüssel erbreche. Selbst im Schlaf musste er seine Antennen auf Empfang gestellt haben. Als er bei mir ist, habe ich meine drei Tropfen bereits ausgespuckt, nichts Gehaltvolles. Papa, den Erbrochenes normalerweise total anekelt, inspiziert minutiös. Denn eigentlich fragt er sich, ob ich nicht irgendeine gefährliche Substanz zu mir genommen habe, Halluzinationen auslösende Pilze zum Beispiel, immerhin hatte ich vor ein paar Tagen mit unschuldiger Miene davon erzählt, nach meiner Rückkehr aus Amsterdam *alias* Reims.

Schon vorhin hat er mich gefragt: »Du hast wirklich nicht gekifft? Nichts Gefährliches gegessen?«

Seine Fragerei nervt mich wie jedes Mal, wenn es um Drogen geht. Tabuthema. Kiffer hassen es, übers Kiffen zu reden.

»Nein, habe ich mich nicht klar ausgedrückt? Das nervt, ich habe andere Sorgen!«

Ich schicke ihn zum Mond. Er traut sich nicht, noch einmal damit anzukommen. Papa verzichtet, sind ja nur Nickeligkeiten innerhalb der Familie, völlig normal.

Ich übergebe mich ein zweites Mal, und Papa inspiziert erneut die Kloschüssel. Es war ein leichtes Spiel für mich, Nein und nochmals Nein zu sagen: Denn dieses eine Mal hatte ich tatsächlich nichts geraucht. An jenem Freitagabend, nach meiner Rückkehr im Zug aus Rennes, fand um 18 Uhr im Tischtennisklub in Quimper das Training statt, um 21 Uhr ging es weiter mit dem Auto nach Douarnenez, dann lange Telefongespräche und dieser Zusammenbruch gegen Mitternacht, totale Erschöpfung, überall Schmerzen, Erbrechen, starkes Fieber. Mehr nicht. Nicht nur Drogen machen krank. Nicht nur Drogen können unerklärlich sein.

Wieder schleppe ich mich zur Toilette. Nur zehn Meter, die aber trotzdem höchste Anstrengung für mich bedeuten, ich bin körperlich total am Ende. Meine Bewegungen sind so übertrieben langsam, dass Papa annehmen könnte, ich wolle mein Leid zur Schau tragen. Die Anzeichen von Schwäche sind enorm. Aber von Anfang an hatte ich, um nicht sprechen zu müssen, ausdrücklich auf Zeichen bestanden. Papa war ratlos, und das war das eigentliche Ziel des Spiels. Er sieht nichts als diesen Abend, das Spiel ist aus.

Wäre ich bei der Anstrengung, mit der ich mich auf die Toilette geschleift habe, wenigstens auf die Idee gekommen hinzufallen, ohnmächtig zu werden, dann hätte Papa begriffen, dass ich nicht schauspielere, sondern dass gerade wirklich etwas Unnormales im Gange war, von meinen Spielchen mit den stummen Botschaften mal abgesehen. Er hätte auch ohne meine Zustimmung den Notarzt gerufen, vielleicht hätten sie mich ins Krankenhaus gebracht, vielleicht hätte man den tödlichen Erreger rechtzeitig aufgespürt. Genau das war nämlich damals in Brest geschehen. Ein Student, so wie ich, gleiches Alter, einundzwanzig Jahre, gleiches Fieber, gleiche Schmerzen überall. Bis dahin alles Banalitäten. Er fiel jedoch in Ohnmacht. Die Leute in seiner Nähe bekommen Panik und bringen ihn ins Krankenhaus. Er wird abgehört, aber außer hohem Fieber findet man nichts. Da es spät ist und er beim Anziehen beinahe wieder ohnmächtig geworden wäre, behält man ihn zur Beobachtung da, für alle Fälle. Früh am nächsten Morgen, beim Wecken, hat er erneut sehr hohes Fieber, genau wie ich es morgen früh haben sollte. Aber da, in der morgendlichen Dämmerung, hat er Glück. Der Assistenzarzt hört ihn ab, misst Druck, Puls, Fieber und greift auch zum Stethoskop. »Bitte einmal das Hemd anheben…« Auf dem nackten Oberkörper des Studenten entdeckt der Arzt plötzlich kleine violette Stellen, wie blaue Flecken. Er braucht keine zehn Sekunden, um zu verstehen. Alarmstufe Rot! Sprung von der Banalität eines atypischen Fiebers zu einem schwerwiegenden Sonderfall der Sorte, wie sie nur in Medizinbüchern stehen, derart selten treten sie auf: *Purpura fulminans*. Fulminante Meningitis, tödliche Hirnhautentzündung – vor langer Zeit hat man auch Gehirnwassersucht gesagt. Allergrößte Eile, höchste Lebens- und Ansteckungsgefahr, Isolation, Infusion mit Antibiotika, Intensivstation… Der Student wird überleben.

Ich werde an diesem Abend jedoch nicht ohnmächtig, als ich mich übergeben muss. Ich bin robust. Ich lasse mich halt nicht gehen. Oder es ist der tödliche Erreger, der ein noch hinterhältigeres Spielchen mit mir treibt. Wankend komme ich aus dem Badezimmer zurück. Da ich nicht will, dass Papa heruminterpretiert, dass er im Stillen rätselt und mir Fragen stellt, sage ich nichts, sondern lege mich bloß wieder hin.

Mein Fieber ist enorm gesunken, ich ziehe mir ein paar Sachen aus, bis auf das T-Shirt, die langen Shorts und die Socken. Entspannen. Ich gebe Papa Zeichen, meinen Plexus zu massieren. Darum habe ich ihn noch nie gebeten. Er zögert.

Ich flüstere ihm zu: »Massieren, wie der Krankengymnast.«

Er sieht seine Annahme bestätigt: Ich fühle mich beklommen, habe einen zugeschnürten Magen, es lag an diesen Telefonanrufen, sie haben mich umgehauen, oder an irgendeiner unangenehmen Sache an der Uni. Wenn Papa zum Krankengymnasten geht, ist etwas mit seinem Plexus nicht in Ordnung, die Liebe, das Schreiben, eine Inszenierung oder Ähnliches. Bei mir also das Gleiche. Papa tappt von einer falschen Annahme zur nächsten.

Er führt die Hand unter das T-Shirt und massiert mir den Plexus, ohne hinzugucken. Mein Zimmer liegt ohnehin im Dunkeln, da meine Augen die Helligkeit nicht vertragen. Papa wundert sich, dass er noch immer das Recht hat, den Bauch seines einundzwanzigjährigen Sohns zu streicheln. Er fühlt sich an seine väterliche Bemutterung erinnert, die unser Verhältnis ausmacht, seitdem ich auf der Welt bin, obwohl ihn heute Abend die Nähe beunruhigt. Normalerweise ist Mama für Massagen zuständig. Es muss mir wirklich schlecht gehen, dass ich ihn, der so mittelmäßig gut massiert, um eine Massage bitte.

Ich habe eine Art Beule am Zwerchfell. Seine Hand bringt etwas Linderung. Aber nicht genug. Ich bitte ihn, wie unser Spezialist vorzugehen und mit der anderen Hand unter meinen Po zu fassen. Papa ist überrascht. Er dachte, diese osteopathische Technik sei rein diagnostisch. Die Knie des längs auf dem Rücken liegenden Patienten anheben lassen, mit der umgedrehten Hand unter den Po gleiten, mit der Handfläche das Kreuzbein berühren und mit den Fingern entlang der Wirbelsäule die energetischen Schwingungen aufspüren – auf der Grenze zwischen Hexerei und Schulmedizin. Obwohl Papa meint, diese osteopathische Methode nütze sowieso nichts, fügt er sich. Wenn ich ihn doch darum bitte. Außerdem will er mir zeigen, dass ich ihn um alles bitten kann, was ich will. Er will mir zeigen, dass er mich liebt.

Da ich quer über dem Bett liege und er noch immer Kopf- und Rückenschmerzen hat, fasst er nicht so unter meinen Po, wie er müsste. Weder für ihn noch für mich ist die Haltung bequem. Anhaltendes Schweigen. Ich will absolut nicht sprechen. Auch Papa schweigt. Eine angenehme Stille. Er versucht, seine Bewegungen so diskret wie möglich auszuführen. Es hilft nichts. Er versucht es erneut. Endlich gleitet er so beherzt wie nötig mit seinem Arm unter mich. Ich lege meinen Po auf seiner Hand ab und entspanne mich. Werde zentnerschwer und schlafe ein. Papa wartet. Sanft wiegt er mich minutenlang in seinem Arm. Sehr viel später wird er behutsam seine Hand herausziehen, aber Vorsicht, dass ich bloß nicht wach werde, ich ruhe doch so schön. Er zögert einen Moment, aber dann, nein, *es hat keinen Sinn dazubleiben, ihm geht's besser*. Ich schlafe friedlich. Weißes T-Shirt, lange, beige Baggy Pants, schwarze Socken: So werde ich sterben. Er geht hinauf, nimmt eine Schmerztablette und legt sich erleichtert schlafen.

Oh, wie sehr wird er es morgen und auf ewig bereuen, seine Hand nicht auf unbestimmte Zeit einfach dort gelassen zu haben, unter meinem Po!

Papa trägt die letzten Worte zusammen, die wir miteinander gesprochen haben, bevor ich an diesem Samstag, den 25. Oktober, starb. Als sie mich auf die Trage hoben, auf der ich dann zum Krankenwagen und ins Krankenhaus gebracht wurde, hat er sich auf mein Bett gelegt und mein linkes Bein gestreichelt.

»Gib alles, mein Schöner, alles, lass dich nicht von der Krankheit besiegen.«

Nutzlose Ratschläge. Vorhin, als er vom Supermarkt zurückkam, hat er gesagt, ich solle kämpfen. Jetzt sagt er, ich solle nicht verlieren. Das ist das Gleiche, alles nur Worte. Wie ein Trainer am Ring, nutzlose, gut gemeinte Worte, während du voll eine in die Fresse kriegst. Aber selbst am Rande des K. o. fuhr meine linke Hand noch durch sein Haar. Ich tröstete den Trainer, als es an ihm war, mir Kraft zu spenden.

»Lass dich nicht von der Krankheit besiegen.«

Er sprach mit tränenerstickter Stimme. Zur Beruhigung lächelte ich ihn an. Er bereut es, wird es sich nie verzeihen, dass er mit zittriger Stimme zu mir gesprochen hat, ohne die geballte Energie, die nötig gewesen wäre. Im entscheidenden Augenblick haben ihn die Gefühle übermannt. Widerliches, schleimiges Gefühlspathos, im Leben wie auf der Bühne. Papa der Allmächtige wäre gern fähig gewesen, der Krankheit den Rückzug zu befehlen. Als ob diese Killerbazille, die systematisch ein Blutgefäß nach dem anderen platzen ließ, seinen Befehlen gehorchen könnte. Er hat nur gezittert, erfüllt von Liebe, Zärtlichkeit und vielem, vielem mehr. Denn seine Worte, sein Gesang und seine Liebkosungen waren keine Befehle, sie waren nichts weiter als ein bereits hoffnungsloses, rührseliges Flehen. Und das ärgert ihn.

Papa macht sich noch andere Vorwürfe. Der Trubel zu Hause. Überall Feuerwehrleute, Walkie-Talkies mit ihren krächzenden Notrufen, Sanitäter kreuz und quer, weiße Einheitskittel, die sich in meinem Zimmer zu schaffen machen, Infusion, Trage, die hochgebracht werden muss, Notfallkoffer, Laptops, Blaulicht auf der Straße, Gummihandschuhe, Schutzmasken auf den Gesichtern. Papa bemüht sich übereifrig, den Weg für meinen Transport zum Krankenwagen frei zu räumen. Warum hat er die Minuten nicht genutzt und mich noch einmal angeschaut, mich noch einmal berührt und mit mir gesprochen? Sein Aufräumeifer hat mich kein Stück gerettet, ihn sogar von mir ferngehalten.

Der Tod ist eine Reuemaschine.

Papa bereut noch etwas viel Schlimmeres: Die Notärztin kommt zu mir ans Bett und bittet mich, ihr meinen Namen, Vornamen, Alter, Geburtstag und Adresse zu nennen. Ich antworte. Sie dreht sich um und stellt Papa die gleichen Fragen, während er noch mit Wegräumen, seiner derzeitigen Obsession, beschäftigt ist. Die Ärztin will damit lediglich meine Antworten überprüfen. Ich bin bei Bewusstsein, bei völlig klarem Verstand, ich habe geantwortet, wie es sich gehört. Ich bin dermaßen bei Bewusstsein, dass ich Papa in seinem Wahn verkehrt antworten höre, indem er die Zahlen vertauscht. Papa hat sich vertan, er ist es, der hier wirr im Kopf ist! Er sagt, ich sei am 21. April 1982 geboren, anstatt richtigerweise zu sagen, so wie ich, dass ich einundzwanzig Jahre alt und am 19. April 1982 geboren bin. Sie notiert. Für sie stimmen unsere Antworten überein, so gut wie, klinisch gesehen ist das ein gutes Zeichen: Ich bin bei Bewusstsein.

Aber in den Augen von Papa bedeutet dieses So-gut-wie eine Katastrophe. Verärgert über seinen Fehler sagt er hastig: »Nein, ich wollte einundzwanzig Jahre sagen, nicht 21. April, er ist am 19. April geboren, nicht am 21. …«

Aber die Ärztin ist längst woanders, sie telefoniert mit der Notaufnahme des Krankenhauses, um meine Ankunft in Quimper vorzubereiten; sie erstattet Bericht, »der Patient ist bei Bewusstsein« usw. Ihr Problem ist nicht dieser kleine Versprecher.

Papa ist völlig außer sich bei der Vorstellung, ich könnte gemerkt haben, dass er sich mit meinem Geburtstag vertun kann, einem Datum, das durch mich heilig geworden ist – gewiss mit nicht unerheblicher elterlicher Hilfe. 19. April 1982, 17 Uhr 17: Auf die Minute genau war meine Geburt der wichtigste Moment in seinem Leben als Mensch. Ungeahnte Tränen, der Freude natürlich, und vor allem vollkommene Ergriffenheit beim Anblick des Lebens.

Bald wird Papa den zweiten wichtigsten Moment seines Lebens erleben, in drei Stunden, meinen Tod.

Ich hatte den Versprecher gehört. Unter Schmerzen gelingt es Papa endlich, den Schrank in die Ecke zu schieben, im Kreuz die Schmach des Lapsus, gleichsam ein Versagen in der Liebe, eine selbst zugeführte Wunde, 21 statt 19.

Die Feuerwehrleute hieven mich auf die Trage. Zu sechst stehen sie mit ihren dicken Stiefeln auf dem Bettgestell, das knarrt und quietscht, aber entgegen allen Erwartungen hält. – Seit Jahren hatten wir überlegt, es zu entsorgen. Am Tag nach meinem Tod werden Mama und Papa es endlich tun, sie werfen das Bett weg, das ihnen gehörte, bevor ich es bekam, ein Bett der Lust und Explosionen. – Während die Feuerwehrmänner mit der Trage vorsichtig die Treppe hinuntersteigen, zwickt mich Papa kurz in den linken großen Zeh – das ist alles, was er in der Eile zu fassen bekommt.

»Bis gleich, mein lieber Junge. Halt dich tapfer.«

Langsam hebe ich die rechte Hand, eine beschwichtigende Geste, ein leises Lächeln. Es ist die letzte klare Botschaft, die er von mir in Erinnerung behalten wird, mein Lächeln. Gar nicht übel.

Unten auf der Straße steigt er nicht mit in den Krankenwagen. Er hört auf die Sanitäterin, das ist nicht sein Gebiet. Die Medizin hat mich in Beschlag genommen. Warum hat er auf sie gehört? Alles, was er sich herausnimmt, ist, sich zu mir hinüberzubeugen und wenigstens mein Bein zu streicheln. Vorletzte Berührung: ein Bein und eine Hand, mehr schaffen wir nicht. Die Sanitäterin schirmt ab.

Immer wieder wird Papa diese unzähligen Minuten gedanklich durchspielen, die er wartend am Fuße des Krankenwagens vergeudet hat, anstatt hier zu sein, im Bett, im Zimmer, im Krankenwagen, bei mir, bei ihm. Ebenso die Zeit im Supermarkt, beim Einparken, beim Aufräumen von Flur, Treppe und Zimmer. *Was war nur mit dir, Michel, dass du dich in vorauseilendem Eifer darum gesorgt hast, noch alles Mögliche zu erledigen, anstatt um ihn?* Der wahre Moment bedeutete einfach nur, da zu sein, mehr nicht.

Langsame Fahrt durch die Cornouaille. Der Krankenwagen macht tatütata. Hinter dem roten Kastenwagen das auberginefarbene Auto von Mama und Papa, die sichtlich nervös werden. Zwanzig endlose Kilometer kleben sie hinten dran.

Er hat sich das amtliche Kennzeichen, dem er blind auf der Landstraße gefolgt ist, nicht notiert. Aber jedes Mal, wenn er später »meinen« Krankenwagen sieht, würde Papa am liebsten einsteigen und mit eigenen Augen all das anschauen, was ich in dieser halben Stunde zuletzt gesehen haben. Er sollte sogar über das Blech streicheln, als der Krankenwagen in der Rue de Douarnenez steht, dieses Mal ohne Blaulicht. Auch die Reliquie auf Rädern bringt ihn zum Weinen.

Ankunft im Krankenhaus, Notaufnahme; man zieht mich aus dem Krankenwagen. Papa wendet sich mir noch einmal zu, streichelt noch einmal über mein Bein, schwenkt die Hand und lächelt. Er meint, ich hätte vage zurückgewinkt. Wenn er sich auch nicht sicher ist, er mag gern an diese Erinnerung glauben.

Im Nu ist die Trage im Schockraum verschwunden, durch die Schwingtüren tauche ich in die hellgrünen Flure ein. Es ist wie im Film, Hektik, knappe Anweisungen, Gerenne. Das Hauptfeld sprintet los, ich an der Spitze, mit den Füßen zuerst. Auf einmal schließt die Sanitäterin eine Schleusentür. Während meine Trage weiter geradeaus in die Notaufnahme geschoben wird, werden Mama und Papa zur anderen Seite geleitet, in den Bereich für Angehörige. Ende des gemeinsamen Wegs.

Papa wird mich erst in einer Stunde wiedersehen, fast tot, kaum noch atmend, kaum noch, nur so lange, bis er begreift, dass mich im Grunde der Apparat am Atmen hält, Vorspiegelung von Leben, ein Schlauch, der aus meinem Mund kommt, Luft geht rein und raus, aber es ist nicht mehr meine Luft, es ist nicht mehr mein Leben, es ist die Luft eines Apparats.

Alles in meinem Körper ist explodiert, meine Adern sind geplatzt, ich bin von oben bis unten blau, sehe aus wie verprügelt.

»Das wäre nicht ratsam«, sagt Christine zum Chirurgen. Christine ist sofort herbeigeeilt, eine gute Freundin, meine Kinderärztin, zwecklos ist der Versuch, ihn noch einmal wiederzubeleben, das Herz erleidet unnötig Schmerzen. Sein Körper und sein Hirn haben bereits solche Schäden erlitten, dass er zu starke Behinderungen aufweisen würde, sollte er noch leben.

In Wahrheit bin ich schon tot, ein Apparat tut nur so, als atmete ich noch. Die Ärzte waren so gütig, die Eltern vor dem Abschalten an mein Bett zu rufen. Mama und Papa sollten glauben können, sie beweinten einen Lebenden. Man gewöhnt sie an meinen Tod. Meine Atmung wird langsamer, kommt zur Ruhe. Zehn Minuten später schaltet sich der Apparat ab, ich bin leise, kein Atem, kein einziges Anzeichen von Leben mehr. Ich bin offiziell um 16 Uhr 17 gestorben.

Mein Sohn! Mein Sohn! Mein Sohn! Ich war dein Sohn, Papa. Diese Worte, die du da singst, »Mein Sohn! Mein Sohn! Mein Sohn!«, werden zu einem Gebet, einem Flehen. Zu wem? Einst Worte des Leben sind sie nun Ausdruck deines Schmerzes. *Mein Sohn! Mein Sohn! Mein Sohn!*

Du denkst auf einmal an Jesus aus Gethsemane, du, der Atheist. Du wiederholst unentwegt: »Warum, warum hast du mich verlassen?« Nur ist es nicht der Vater, der seinen Sohn verlässt, sondern umgekehrt. Du wirst verlassen. Armer, verlorener Papa. *Mein Sohn! Mein Sohn! Mein Sohn!*

An diesem Abend totaler Verzweiflung kommt Papa die Melodie einer Bachkantate in den Sinn, *Heute, heute …* »Heute, heute wirst du mit mir im Paradies sein.« Gottes Worte. Dummes Gelaber vom Gott, der zulangt. Papa singt trotzdem. »Heute, heute …«

3. Kapitel

> Wir anderen, wir Heiden,
> haben auch Pflichten gegenüber
> unseren Toten zu erfüllen.
>
> PROSPER MÉRIMÉE

JULI 2003, DREI Monate vor meinem Tod. Papa und Mama fuhren zum Krematorium nach Carhaix, in Trauer um einen befreundeten Künstler. Nachdem sie das Auto auf dem Besucherparkplatz abgestellt haben, gehen sie die letzten fünfzig Meter zu Fuß und sehen zu, wie Simons Leichenwagen angefahren kommt. An dem Tag habt ihr nicht eine Sekunde lang daran gedacht, dass ihr schon bald wieder hier sein würdet, nicht als Besucher, sondern als Hauptpersonen. Nicht der leiseste Verdacht ist euch in den Sinn gekommen. So etwas ahnt man nie vorher.

Dennoch habt ihr euch beide, unwissentlich, im Laufe von Simons Trauerfeier quasi darin geübt. Das ist ein seltenes Privileg.

Genau genommen hatte ihr Training schon zwei Stunden früher begonnen, im sogenannten Funerarium. Wie überall ist auch das in Quimper ein schäbiger, moderner Kasten am Stadtrand. Das Funerarium ist nichts weiter als ein neutrales, nichtssagendes Etwas – weder ein Tempel noch ein Haus, weder feierlich noch schlicht, weder heilig noch behaglich. Im Inneren wechseln sich Mauersteine mit wertloser Kirchendeko ab, Bilder aus Transparentpapier, die an den Fensterscheiben kleben. Ein vom Immobilienmarkt als billig eingestuftes Flurstück, das in schwülstiges Latein umgetauft worden ist. Der Name soll Eindruck schinden; eingezwängt zwischen Garagen und einem Einkaufszentrum, fällt es von außen kaum auf.

Zwei Sargträger nehmen die Familien in Empfang, schwarze Anzüge, vielleicht sogar dunkle Brillen, ernster, betrübter Gesichtsaudruck, wie es sich gehört, sehr professionell. Klassische Musik in Reinform, Mozart und Pachelbel rieseln leise im Hintergrund. Geflüster. Simons Sarg steht im Raum nebenan. Niemand ist verpflichtet, vor den Sarg zu treten, man kann sich auf die Angehörigen beschränken. Keine Verpflichtung, den Tod aus der Nähe zu betrachten, das Bestattungsinstitut hat für alles vorgesorgt. Papa kommen andauernd sinnlose, spöttische Bemerkungen in den Sinn.

Mama und Papa betreten selbstverständlich den anderen Raum. Zusammen mit einem Blumenstrauß legen sie einen Abschiedsbrief an ihren Bruder aus der Theaterfamilie auf den Sargdeckel. *Als würde er ihn lesen!* Papa kann sich noch immer nicht zusammenreißen und kriegt diese geschmacklosen Bemerkungen nicht aus dem Kopf. Dir ist wohl nicht ganz wohl, Papa. Glücklicherweise behält er seine Kommentare für sich. Er konzentriert sich wieder aufs Wesentliche. An Mamas Seite bleibt er lange vor Simon stehen. Sie sehen aus, als würden sie beten. Mama und Papa sind wirklich betroffen. Simon hat ihnen viel bedeutet. Sie streicheln über den Holzsarg, berühren Simon ein letztes Mal.

Wenig später steht Papa mit Jean-Pierre allein in dem Raum. Völlig unvermittelt wenden sich die beiden Männer einander zu und schließen sich weinend in die Arme, zum ersten Mal umschlungen in gegenseitiger, heterozüchtiger Schwulenliebe, unter dem wohlwollenden Schutz von Simon. Papa und Jean-Pierre hatten sich ihre große Zuneigung bisher noch nicht gestanden. Beim Rausgehen folgen die beiden unverbesserlichen Anarcho-Atheisten sogar dem Brauch und unterschreiben im Kondolenzbuch. Sei es für Catherine und die Zwillinge.

Danach Trauergeleit vom Funerarium zum Krematorium, Quimper – Carhaix, dreiundsiebzig Kilometer, eine Stunde Autofahrt. In gemessenem Tempo. Allgemeines Sinnieren in den Autos: das Leben, der Tod, Simon, der Selbstmord, die Kunst, die einen Menschen verheizt, die Kinder. Ankunft in Carhaix. Auch das Krematorium ist ein unspektakulärer, quadratischer Bau am Stadtrand. Die Sargträger schauen so ernst wie in Quimper. Erneut angemessene Musik. Als der Leichenwagen eintrifft, begibt sich die Schar der Freunde ins Innere, und die Zeremonie beginnt.

Tempowechsel, die elterliche Trainingsstunde spitzt sich zu: Die Trauerfeier von Simon wird den Gipfel des Lächerlichen erreichen. In der Mitte der Zeremonienmeister – ZM –, vor ihm ein Rednerpult mit beschrifteten Kärtchen: der Ablaufplan der Feierlichkeiten. Der ZM soll für einen reibungslosen Verlauf sorgen. Er spricht ein paar salbungsvolle Worte in passendem Tonfall, stereotype Floskeln, im Prinzip kein Fehler möglich. Heute jedoch wird die Zeremonie entgleisen, wird alles aus dem Ruder laufen, geleitet von der rachsüchtigen Ägide einer miserablen Theatergruppe. Wenn die Götter dich bestrafen wollten, Simon, dann ist es ihnen wahrlich nicht misslungen, deine Trauerfeier wird zur Farce.

Der ZM ist unkonzentriert oder ganz einfach eine Null. Als er zu Beginn sagt: »Wir haben uns heute hier versammelt, um unseren lieben …« Mist, da hat er doch glatt vergessen, nach dem Vornamen zu schauen. »Unseren lieben … ähm …«, wer ist eigentlich unser Lieber des Tages? Er kriegt zwar gerade noch die Kurve, doch sein Zögern und der Blick auf seinen personalisierten Ablaufplan waren schwer zu übersehen. In letzter Sekunde fügt er hinzu: »… um unseren lieben Simon zu verabschieden.« Uff.

Papa glaubt, ihn trifft der Schlag. Dann muss er ein Lachen unterdrücken.

Nächster Akt der Zeremonie ist das Aufgehen des Vorhangs, geplant als eine Art effektvoller Höhepunkt des Ganzen. Hinter dem Vorhang haben die Sargträger den Sarg so aufgestellt, dass er wie auf einem Thron zur Geltung kommt, zum Publikum geneigt, wie man im Theater sagt, ein in seinem grandiosen Elend aufragender Katafalk. Absolut stereotyp, aber es soll nach etwas aussehen: ein Sarg, der Erstaunen hervorruft. Mit einer unauffälligen Handbewegung schickt der ZM die Kirchenorgeln durch den Verstärker. *Toccata in d-Moll* von Johann Sebastian Bach. *A g aaaaa! G f e d cis, deeeee …* Es geht los, volles Pedal, d-Moll-Sextakkord, Dissonanz, Zerrissenheit, Fermate, Auflösung: genial platzierte Sakralwirkung. Gänsehaut. Es geht weiter. Zweiter unauffälliger Handgriff des ZM unter das Pult, durch den während dieses Kirchendonners das Aufgehen des Vorhangs in Gang gesetzt wird. Nur dass …

Nur dass dieser Vorhang lediglich aus einer einfachen Garagentür in tristem Grau besteht, einem alten Blechtor, das nach hinten gekippt wird wie bei Garagen üblich. Als Bühnenmaschinerie an sich nicht das Schlimmste. Wahrscheinlich bemerkt es normalerweise auch niemand, so eindrucksvoll tritt der Sarg dahinter zum Vorschein. Aber am Tag von Simons Einäscherung hakt auf einmal die Mechanik des Metallvorhangs. Unnormale Geräusche, ein Quietschen inmitten des Orgeldonners, es rappelt und zuckt, der Vorhang klemmt, ist weder zu noch auf. Unruhe macht sich breit. Der Sarg ist nur halb zu sehen, der Effekt vollkommen hinüber, Panne im zeremoniellen Ablauf. Mit vermeintlich unauffälliger Handbewegung drückt der ZM mehrmals hastig unter sein Pult. Vergeblich. Die streng besinnliche Atmosphäre beginnt zu bröckeln, die Anwesenden brechen in Gelächter aus – Simon hat wirklich nette Freunde. Davon unbeeindruckt, treten zwei Sargträger professionell von hinter den Kulissen auf und bringen die Mechanik wieder in Gang. Endlich, der Vorhang kann aufgehen, wenngleich mit erheblicher Verspätung zu Johann Sebastian Bach – in dem Durcheinander hat der ZM die *Toccata* zu Ende laufen lassen, sodass in aller Ruhe die Fuge eingesetzt hat, ohne dass es beabsichtigt war. A g, a f, a e, a d usw. Genervt stoppt der ZM die CD. Schade um das Kontrasubjekt der Fuge, es bleibt in der Luft hängen. Der Faden der Feierlichkeiten soll wiederaufgenommen werden.

Alles ist grotesk, der ZM, die Musik, der Vorhang, das ganze Spektakel. Würden Mama und Papa nicht weinen, sie würden aus vollem Halse lachen. *Lektion Numero eins*, murrt Papa: *Misstraue schlechten Theatertruppen; Lektion Numero zwei: Geschäftsleute tun heute das, wovon sie annehmen, dass wir es möchten: zum Beispiel dieses dämliche Schauspiel hier*. Er ist ratlos. Wie Atheist sein und gleichzeitig an etwas teilnehmen, das, ohne zu überlegen, als sakral bezeichnet werden kann? *Laizisten misstrauen allem Sakralen. Mit ihrem Latein, dem Weihrauch, dem Hall in den Kathedralen, den Schatten der Höllenflammen und der endgültigen Erlösung haben früher die Priester noch versucht, ihnen näherzurücken. Doch heute stiften sie damit allenthalben Verwirrung, Entsetzen und Ablehnung. Und haufenweise Klischees.* Dank dieser miserablen Zeremonie paukt Papa schon mal, ohne es zu wissen, gründlich für seine bevorstehende Abschlussprüfung: meinen Tod.

Bis ins kleinste Detail ist diese Trauerfeier ein unfreiwillig komischer Horror, der einen das Fürchten lehrt, von der aufgesetzten Miene des ZM und seinem plumpen Umgang mit Symbolen bis hin zur Musik, der reinste Müll, der alles in Mitleidenschaft zieht – selbst die Lieder, »die der Verstorbene mochte«, der großartige Tom Waits und die überragenden Beatles, die jedoch erbarmungslos vom *Ave Maria* von Gounod und von der *Kleinen Nachtmusik* von Mozart auf dem Synthesizer eingerahmt werden, und nicht zu vergessen, als Bonus und zur allgemeinen Überraschung, dem Vorspann einer Fernsehserie. Zum krönenden Abschluss Blütenblätter aus Plastik, die »den hier Versammelten zur Verfügung stehen«, um »wie Regentropfen als letzte Huldigung an den Verstorbenen« auf den Sarg gestreut zu werden. Das ist der Gipfel. Papa schwankt zwischen Erbrechen und Weinen vor Lachen. Der Philosoph entscheidet sich für höhnisches Gelächter angesichts solcher Geschmacklosigkeit und Heuchelei.

Allein, was nicht in die abgeschmackte Darstellung eingebaut wurde, kann sich dem Lächerlichen entziehen: Worte und Lieder Simons enger Freunde.

Letzter Akt in dieser billigen Show. Der Vorhang ist wieder zugegangen – dieses Mal ohne Zwischenfall. Man kann die Sargträger dahinter hören, wie sie den Sarg zum Ofen bugsieren. Fade Musik zur Überbrückung, ein stumpfsinniger Pausenfüller wie früher in den Sechzigern, wenn der Fernsehsender eine Störung hatte. Das neue Bühnenbild ist lediglich fünf oder sechs Nahestehenden vorbehalten – »mehr leider nicht, der Platz ist begrenzt«. Von einem gläsernen Raum, wie das Besucherzimmer in einem Gefängnis, ruft der ZM zur Einführung des Sargs in den Schlund des Ofens. Gefolgt von vier nahen Angehörigen, geht Catherine, Simons Lebensgefährtin, zur letzten Besichtigung des Sargs. Von der Leichenhalle bis zum Krematorium war man tatsächlich von einer letzten Besichtigung zur nächsten gegangen: der Tote vor der Einsargung, der Tote im Sarg, der Deckel, der über ihm geschlossen wurde, dann der schwere, massive Sarg im Krematorium und jetzt, vor der Ofentür, der Sarg, in dem der geliebte Körper verbrennen wird. Eine Flut letzter Besichtigungen, so lange, bis es nichts mehr zu besichtigen gibt.

Die Ofentür schließt. Als der ZM das Gas aufdreht, klingt es wie ein Aufheulen aus den Tiefen der Hölle. Simons Familie sieht ziemlich mitgenommen aus, als sie aus dem Besucherzimmer zurückkommt. Die Einführung des Toten in die Feuersglut ist ein grauenvoller Moment. Direkt danach folgt das Ritual der Beileidsbekundungen. Eine lange Schlange, gemurmelte Worte, Umarmungen, Küsse, Tränen, viele Tränen. Papa kommt zu dem Schluss, dass Tränen letzten Endes immer ehrlich sind, egal, wie erbärmlich sie Mitleid bekunden. Manchmal ist nicht ganz klar, warum der eine oder andere weint – wegen des Verstorbenen, wegen der Familie, vielleicht auch wegen sich selbst. *Ist doch egal, oder?* Immer muss er sich in der Abgeschiedenheit von zehntausend Metern Höhe eine philosophische Erklärung zurechtschustern. In dem Fall ist er gar nicht so unkonstruktiv. *Ein Toter, eine Zeremonie, ein vorbeiziehender Sarg, da bleibt der Fuß einen Moment lang in der Tür des Unvorstellbaren stecken: Das Leben wird bald wieder weitergehen, als wäre nichts geschehen, aber trotz allem wird man eine Unruhe verspüren, ein Beben, ein Zögern, einen vorbeiziehenden Schatten, vielleicht auch bloß den Schatten eines Schattens. Diese Verwirrtheit ist fruchtbar, menschlich, ein Zeichen von Leben.* Es fehlt nicht viel, und Papa kann dem Tod noch etwas abgewinnen.

Aber das wird er sich demnächst zweimal überlegen.

Die vielen Umarmungen ziehen sich ins Endlose, und Papa sinniert in aller Ruhe weiter. *Früher* – oder »einst«, wie ich immer gesagt habe, als ich klein war, »einst«, über diese ungewollte Formulierung musste er immer lachen. Er dagegen sagt »früher« – wenn er später tüdelig wird, sollte er »seinerzeit« sagen, was den gleichen Effekt hat wie »einst«. *Früher also, in meiner Jugend, wenn da die Totenglocken läuteten und ein Trauerzug aus der Kirche kam, blieb man auf der Straße stehen. Die Frauen bekreuzigten sich, und die Männer nahmen den Hut ab. Die Neapolitaner fassen sich angeblich dreimal unauffällig an die Hoden.* Das hat ihn verblüfft, und jedes Mal muss er wieder daran denken, zumal er sich gern am Sack kratzt. *Ob Demut oder Aberglaube, in jedem Fall hielt das Leben einen Augenblick lang inne. Heutzutage gibt der Tod im Krankenhaus fast kein Zeichen mehr von sich. Im Funerarium minimalstes Tamtam, Trauerfeier am gesichtslosen Stadtrand.* Papa stört die Banalisierung des Todes ungemein. Wenn er in der Kirche geheiratet hätte, dann mit lauter Orgelmusik. Für seine Beerdigung bedauert er es beinahe, Atheist zu sein und kein Recht darauf zu haben.

Bist ganz schön altmodisch, Papa.

Im Garten rings um das Krematorium, in dem sich die vielen Freunde nach den Beileidsbekundungen versammeln, kann Papa sich nicht zurückhalten: Er wirft einen Blick nach oben auf den Schornstein; weder fetter Qualm noch irgendein Geruch. Es wird fast zwei Stunden dauern, bis Simon und sein Sarg zu Asche geworden sind. Dann ein plötzlicher Regenschauer. Die Gruppe verzieht sich ins Bistro gegenüber. Trauriges Zuprosten, betretenes Schweigen, Geplärre von Kindern, die keine Lust mehr haben, gedämpfte Stimmen, die Erinnerungen austauschen und einen Witz versuchen. Papa trifft alte Bekannte. »Das ist ja eine Ewigkeit ...« usw. Sieben bis acht lange Viertelstunden später kommt der Sargträger mit gebührender Miene herein, in der Hand eine mit dunkelblauem Samt ausgekleidete Pappschachtel. Sie ist noch ganz warm von Simons Asche, als er sie Catherine überreicht. Papa fragt sich, wo die Urne heute Abend ihren Platz finden wird: *Im Eingang? Auf dem Nachttisch? Neben dem Fernseher?*

Gar nicht so einfach, für den Tod einen Mittelweg zwischen profan und sakral zu finden. Wo wirst du meine Urne in drei Monaten hinstellen, gefüllt mit Asche als Ersatz für mich? Wirst schon noch sehen, wie einfach das ist.

Nach dem Krematorium in Carhaix Treffen in Quimper mit Familie und Freunden. Ich stoße erst dort dazu, zur Party sozusagen – die Vorstellung, der Bestattungsfeier beizuwohnen, hatte mir irgendwie nicht behagt. Simon hat das erste Mal mit Papa zusammengearbeitet, als ich sieben war.

Eines Tages schenkte mir Simon sein Briefmarkenalbum, und für eine Weile habe ich die Sammlung fortgesetzt. Ich sammelte leidenschaftlich gern Anstecker, GI Joes, Schlümpfe und eben auch diese Märkchen. Aber ich habe nicht gern Ordnung gehalten. Am Ende tauschte ich das Briefmarkenalbum gegen ein Trikot der Mannschaft von Monaco und ging zum Fußball über. Ich gesellte mich an dem Abend dazu, weil ich Simon mochte. Eine Party aus Anlass einer Bestattung, das ist schon komisch, das hatte ich nicht erwartet, Lachen und Weinen im Wechsel, Büfett, Musik, Zigaretten und Alkohol, liebevolle Erinnerungen und ernüchternde Trostlosigkeit. Aber das passte gut zu Simon. Hier tiefste Bestürzung, während dort hemmungslos getanzt wird. Papa, erfreut über mein Kommen, erklärt mir, dass dieses sympathische Tohuwabohu wie das Leben sei, das nach dem Tod einen neuen Anfang versucht, mit allen erdenklichen Rückschlägen. Ich verstehe nur Bahnhof. Aber egal.

Es wird viel getrunken.

Drei Tage nach Simons Feuerbestattung in Carhaix folgt der letzte gemeinsame Akt vor der endlosen Zeit der echten Trauer, der Einsamkeit für Catherine und die Zwillinge allein zu Hause. Spärliche Versammlung auf dem Friedhof von Penhars, auf dem Vorplatz der Urnenhalle. Ich bin an dem Morgen auch dabei, warum, weiß ich nicht. Es ist sehr heiß. Zwei Totengräber in Jeans und Unterhemd stellen die Urne ab und kleiden ein Minigrab im Urnenformat mit Zement aus. Ein paar Minuten lang verharren wir andächtig. Alles geht sehr schnell. Ende der Feierlichkeiten. Ende des Trainings für Mama und Papa. Bis in drei Monaten, wenn ich an der Reihe bin.

4. Kapitel

Ein Kind hat man nicht gehabt,
man hat es für immer.

MARINA ZWETAJEWA

SAMSTAG, 25. OKTOBER 2003. Die Bestattungsmaschinerie setzt sich in Gang, kaum dass ich meinen letzten Atemzug getan habe. Mama und Papa sind noch nicht ganz von den Reanimationsräumen des Krankenhauses in der Leichenhalle angekommen, da müssen sie bereits einen Rhythmus anschlagen, der ihnen ganz und gar nicht liegt. Sie wähnen sich noch ganz bei mir, als man bereits von ihnen verlangt, sich mit meinem Verschwinden zu beschäftigen. Sie wollen nicht? Das steht nicht zur Debatte: Der Bulldozer am Kopf des Trauerzugs zieht unerbittlich voran. Papiere, Familienstand, Versicherungen, Bestattungsinstitut, Budget, Zeitplanung, Ablauf, Dekoration, Kleidung, Musik, Holzart für den Sarg, Weg des Leichnams zwischen Aufbewahrungshalle, Krematorium und Friedhof, Empfang der Familien, Freunde, Presse … In wenigen Stunden muss alles organisiert sein. Deine vertrautesten Ankerpunkte lösen sich gerade aus der Halterung, und du sollst ständig zu irgendetwas Ja oder Nein sagen. Bei jeder Gelegenheit wollen Mama und Papa das Handtuch werfen, doch das automatisierte Monster folgt seinem Weg, und sie weichen immer weiter zurück, von Niederlage zu Niederlage. Wohin? Gegen ihren Willen steuern sie geradewegs auf mein Grab zu.

Kaum haben sie die Leichenhalle verlassen, steht der Thanatopraktiker vor ihnen, der ihnen anbietet, meinen Körper für zweihundertfünfundsiebzig Euro zu präparieren. Was soll denn bitte das jetzt? Der Concierge versucht zu vermitteln. Die Eltern verstehen kein Wort. Er lässt sich nicht aus der Ruhe bringen und reicht ihnen einen Prospekt, »... lässt den Verstorbenen wie schlafend aussehen... das Schreckensgesicht des Todes vergessen... entdramatisieren... um ein pietätvolles und friedliches Bild vom Verstorbenen zu wahren...«. Reine Werbesprache. Papa redet wirres Zeug. *Was will er denn präparieren, dieser Figaro? Ein sorgfältiges Make-up, ein friedvolles, ewig währendes Lächeln? Nein, wir werden doch den lila und blau explodierten Körper unseres Sohnes nicht in eine billige Operettenleiche verwandeln lassen?* Zwei aufgeschreckte Raubtiere aus der Wildnis geraten in der unbekannten Wüste der Leichenhalle in Panik. Und außerdem: *Dieser Kostenvoranschlag von zweihundertfünfundsiebzig Euro, ist er mit oder ohne Mehrwertsteuer? Selbstverständlich inklusive Mehrwertsteuer! Jetzt ist aber doch nicht der Moment, daran herumzunörgeln, wie man den einer Leiche zugefügten Mehrwert einsackt!* Papa kriegt sich wieder ein. *Thanatopraktiker?* Diesen Ausdruck hat er noch nie gehört, eine Mischung aus einem Fährmann über den Styx und einem Schönling vom Strand. Er gerät wieder in Rage: *Zweihundertfünfundsiebzig Euro, das soll kein Betrug sein? Was kostet das Make-up eines Toten?* Chaos. Papa weint. Mama auch. Ihre angeschlagenen Köpfe rauchen wie verrückt. Der Concierge der Leichenhalle wartet ab. Er kennt das. Jeden Tag sieht er Leute vor sich wie Mauern zusammenbrechen. Er versucht zu helfen, zu vermitteln, darauf kommt es in seinem Job an, auf Geduld und mitunter Herzlichkeit – die Leichenhalle heißt nicht mehr Leichenhalle, sondern Mortuarium, Trauerhalle, Trauerzimmer, das ist weniger abschreckend. »Selbstverständlich haben Sie das letzte Wort. Aber man sollte es realistisch sehen: Es ist Samstagabend. Zweihundertfünfundsiebzig Euro, das ist der Wochenendpreis. Morgen ist Sonntag. Erst am Montag besteht wieder die Möglichkeit, sich bei der Konkurrenz zu erkundigen, um Kostenvoranschlag und Leistung zu vergleichen. Ich möchte Ihnen nicht zu nahe treten, aber angesichts der speziellen Krankheit, an der Ihr Sohn verstorben ist, wird sich sein Körper höchstwahrscheinlich sehr schnell zersetzen. Es tut mir sehr leid.« Schweigen. »Es wäre besser, Sie ließen nicht mehr so viel Zeit verstreichen.« Erneutes Schweigen, die Informationen müssen sich ihren Weg bahnen. »Der Thanatopraktiker ist seriös, glauben Sie mir.« Von der Paranoia erlöst und die Kehrtwende zurück zur Realität vollzogen, *wo wir nun schon mal dabei sind,* unterzeichnen Mama und Papa das Auftragsformular. Die Trauer ist eine Schule in Realismus. *Realismus kann tödlich sein.* Papa weiß nicht mehr, wo ihm der Kopf steht.

Das bedeutet allerdings, und das ist das Schlimmste, so viel wie: gesagt, getan – der Fachmann nimmt den Leichnam an sich und macht sich auf den Weg. »Einen Moment noch!«, ruft Papa. Vergebens, er ist weg, der Thanatopraktiker ist bereits mit mir um die Ecke verschwunden. Nur noch das Geräusch der Rollen auf dem blitzblanken Bodenbelag der Leichenhalle ist noch zu hören.

Als mein Körper in das Trauerzimmer Nummer sieben zurückkehrt, ist er zurechtgemacht wie ein richtiger Toter, mit lang gestreckten Beinen unter einem weißen, an der Hüfte umgeklappten Laken und den Kopf auf ein Kissen gebettet. Nichts mehr von dem Geschundenen zu erkennen, den sie vor weniger als zwei Stunden im Schockraum haben sterben sehen. Man hat mir die sauberen Sachen angezogen, die sie in Douarnenez geholt haben. Mein durch die Meningitis von lila Flecken gezeichnetes Gesicht haben sie gebührlich behandelt. Im Prospekt stand, dass durch die Behandlung des Thanatopraktikers die Verwesung des Körpers verzögert würde, »wodurch Hygieneprobleme wie Absonderungen, oder unangenehme Gerüche vermieden werden«. Papa traut sich nicht, näher heranzugehen. Hat der Thanatopraktiker Klebstoff zwischen die Kiefer geschmiert? Und meine Körperöffnungen? Er fragt nicht nach. Er hat wegen sich selbst Angst, wegen später, vor allem wegen der Zähne – das Gefühl zusammenhaftender Zähne findet er scheußlich. *Als hätten Tote noch Empfindungen!* Der dort liegende Körper, nun kalt und steif, ist letzten Endes trotzdem ihr Sohn, als Lebender ein schöner junger Mann und als Toter bläulich rot verfärbt. Ich bin so rätselhaft wie noch nie. Als Kompromiss hat der Thanatopraktiker einen akzeptablen Leichnam geschaffen.

Mama kann ihn nicht akzeptieren. Und du, Papa, kannst du es? *Nein. Ja. Nein. Ja.* Papa schwankt.

Montag, viele andere Entscheidungen sind zu treffen. Die Kleidung des Toten? Bereits beschlossene Sache, Alltagskleidung. Nächste Frage: Tag der Trauerfeier? Dazu fällt ihnen nur eins ein: »So spät wie möglich!«

Das wäre übermorgen, laut Zeitplan des Bestattungsinstituts. Und nun die andere wichtige Frage: Erdbestattung oder Feuerbestattung? Sie schauen sich an. Sprachlos. Sehr lange werden sie schweigend dasitzen. Sie haben da keine Vorlieben, sie wollen nicht, dass ich tot bin, das ist alles. Aber darum geht es nicht. Erd- und Feuerbestattungen plant man auf unterschiedliche Weise. Wie lautet also ihre Entscheidung? Der Leiter des Bestattungsinstituts stellt die Frage noch einmal, gar nicht so einfach, aber das gehört zu seinem Beruf. Mama und Papa starren sich noch immer an, sofern sie überhaupt etwas sehen. Gespannte Stille. Selbstverständlich hat man Verständnis, aber … Man wartet ab. Langes Schweigen beiderseits.

Endlich stammelt Mama fast unhörbar: »Feuerbestattung?«

Papa will das nicht, er kann nicht. Erstens findet er jegliche Vorstellung von heißen Temperaturen unerträglich. Darüber hinaus haben die Überreste des Katholiken in ihm noch nie einen Gedanken an Feuerbestattung verschwendet, nie. Mama sind die Posaunenklänge der Apokalypse ziemlich egal, genauso wie das Jüngste Gericht, das neue Jerusalem, die glorreichen auferstandenen Körper und all das Trara. Papa ist das auch egal, aber bestimmte Worte und Bilder haben sich nun mal in seinem kleinen getauften und gefirmten Kopf eingeprägt, viel tiefer als seine philosophischen Überzeugungen. Seine Neuronen sind auf Erdbestattung programmiert.

»Feuerbestattung«, wiederholt Mama, dieses Mal ohne Fragezeichen.

Papa verfällt in katatonische Starre. Unbewusst ist er also für sich immer von Erdbestattung ausgegangen und *folglich* mit althergebrachter, patriarchalischer Selbstverständlichkeit auch von Erdbestattung für alle seine Lieben. Nicht einfach, das Programm zu korrigieren. Die Bestatter üben sich in Geduld. Hunderte Male haben sie diesem Spielchen schon zugesehen mit all seinen sozial und religiös geprägten Varianten. Heutzutage geht die Tendenz eher Richtung Feuerbestattung, aber wer will in der Leichenhalle schon etwas von Trends hören. Diskret zieht sich der Leiter des Bestattungsinstituts zurück.

Damit der Gedanke der Feuerbestattung in seinem Gehirn bis an die Nervenenden gelangt, muss Papa sich selbst eingeäschert vorstellen. Wenn sie meinen Körper nun einäschern, muss er seinen eigenen Leichnam auch verbrennen lassen, wenn er stirbt – er wird sich schließlich nicht abseits von seinem Sohn begraben lassen. Außerdem will Mama offensichtlich auch eingeäschert werden und an meiner Seite sein. Er würde allein abseits in seinem Grab liegen. Man hat Papa in die Irre geführt. Er in einem Krematorium? Vor seinem geistigen Auge erscheint auf einmal ein riesiger Scheiterhaufen. Wo kommt denn dieses Bild nun wieder her? Kaum hat er die Frage ausformuliert, weiß er die Antwort: aus *In 80 Tagen um die Welt* von Jules Verne. Die Gravurzeichnung hatte ihm damals als kleinem Jungen Angst eingejagt. Wenn er sich richtig erinnert, wurde in dem Buch eine indische Witwe zusammen mit ihrem bereits verstorbenen Mann bei lebendigem Leib verbrannt. Das Bild hatte großen Eindruck auf ihn gemacht – wie man sieht, erscheint es noch heute wie von selbst. Die Bestatter warten, es muss eine Entscheidung her. Papa dreht sich im Kreis. Nach der Bibel tapert er nun durch Kinder- und Jugendromane, *einen besseren Zeitpunkt hätte er nicht finden können*!

Im Augenblick von Papas ureigensten, gedanklichen Verrenkungen bekräftigt Mama: »Feuerbestattung: So können wir Lion mitnehmen, wenn wir umziehen.«

Mama sagt nicht: »die Asche mitnehmen«; sie sagt: »Lion mitnehmen«.

Der Gedanke wegzuziehen löst Papa aus seinem Lähmungszustand. In diesen unheilvollen Stunden ist ihm im Grunde alles egal, außer Mama zu verlassen. Mama hat soeben gesagt, dass sie überlegt wegzuziehen. Auf einmal akzeptiert er zwar nicht wegzugehen, aber doch zu tun, was sie will. Er wird überallhin gehen, Hauptsache, sie ist dabei. Und somit eben auch meine Asche.

»Okay, einverstanden, Feuerbestattung.«

Papa macht einen großen Schritt hin zum liebenswürdigen und doch scharfsichtig aufgeklärten Humanismus.

Kaum haben sich Papas metaphysisch aufgeheizte Schranken gehoben, geht die Flut der Fragen weiter.

»Welcher Friedhof, Quimper oder Douarnenez?«

Mama wagt es nicht auszusprechen, aber sie würde die Asche gern zu Hause aufbewahren. Sie holt weit aus. Doch da fährt ihr Papa fast jähzornig dazwischen, zumal noch im Schwung seiner aufgewärmten Beklemmungen, und fällt ihr hart ins Wort.

»Die Toten zu den Toten!«

Er will, dass meine Asche auf den Friedhof kommt.

»Die Toten zu den Toten, ich will zu Hause nicht x-mal am Tag an Lions Asche vorbeilaufen.«

Vielleicht ist es jetzt an Papa zu entscheiden. Mama gibt nach. In diesem Moment bin ich jedenfalls sowohl für den einen als auch für die andere noch nicht wirklich tot. Sie erwidern letztendlich: »In Douarnenez.«

»Da gibt es vier Friedhöfe! Welchen? Douarnenez Tréboul, Douarnenez Ploaré oder Douarnenez Sainte-Croix? Oder Douarnenez Pouldavid?«

Sie sind offensichtlich völlig unvorbereitet. Sie kennen die Örtlichkeiten nicht einmal, außer den großartigen Marinefriedhof. Einer der Bestatter greift zum Telefon und fragt nach. Der Friedhof von Tréboul ist voll. Eigentlich, so sagt man ihnen, haben sie gar keine Wahl, die Zeremonie kann nur in Sainte-Croix stattfinden, denn dort befindet sich die einzige Urnenhalle von Douarnenez.

»Nun, da wir keine andere Wahl haben …«

Jetzt muss man noch auf den Sarg zu sprechen kommen: die Farbe – braun, schwarz oder weiß? –, die Form, das Holz – Edelholz oder Pinie? –, die Verkleidung – Innenpolster aus Seide oder Synthetik? –, die Griffe – silbern? Sie haben die Wahl. Und die Ankündigung in der Zeitung – lokal, national? Die Todesanzeige? Das Essen, die Unterbringung der Freunde, die Telefonanrufe, die Mails? Wer kümmert sich darum? Brauchen Sie Unterstützung? Noch immer bringen sie keine ganzen Sätze über die Lippen. Sie können kaum einen klaren Gedanken fassen. Sagen einfach irgendetwas, dass ich einundzwanzig Jahre alt war, dass … Das ist für die Trauerfeier nun gar nicht von Bedeutung. Also sagen sie, dass sie sich nicht sicher sind, dass … Halt, sie können nicht mehr. Totale Verwirrung. Der Leiter des Bestattungsinstituts hat Verständnis. Da aber trotzdem alles heute noch organisiert werden muss, schlägt man ihnen vor, eine Pause einzulegen und den Katalog mit Bildern und Preisliste des Bestattungsinstituts zurate zu ziehen; sie mögen ruhig einstweilen in der Broschüre blättern und ihnen später ihre Entscheidungen mitteilen. Mama und Papa verlassen das Bestattungsinstitut, sie brauchen dringend frische Luft. Sie setzen sich auf eine Bank. Neben ihnen die Statue von Laennec und ein Karussell. Das Krankenhaus, in dem ich gestorben bin, heißt auch Laennec. Die Kunst der Ärzte hat mich nicht gerettet, hasserfüllt schauen sie die Statue an. Das Karussell? Es ruft zu viele Erinnerungen wach. Sie weinen.

Wenig später. Gebeugt sitzen sie über dem Katalog des Bestattungsinstituts. Grabmale aus Marmor, künstliche Blumen, in Granit gemeißelte, rührselige Sprüche. »Deine Ruhe sei sanft wie edel dein Herz«, »Die Zeit vergeht, die Erinnerung bleibt ewig«, »Danke für deine Liebe« … Flash: vergangener Juli in Carhaix! Plötzlich werden sie sich der drohenden Katastrophe bewusst. *Eine dermaßen geschmacklose Trauerfeier kommt nicht infrage!* Puh, endlich haben sie wieder einen Anker zum Festhalten gefunden. Nicht noch einmal so ein Zirkus wie bei Simons Trauerfeier. Sie klammern sich an diesen dünnen Zweig. Ein gewaltiger Schwall Energie fährt auf einmal in sie. *Danke, lieber Freund Simon.* Sie haben sich wieder gefangen, werden die Dinge auf jeden Fall selbst in die Hand nehmen: nein zum Katalog, nein zu vorgefertigten Trauerfeiern, nein zur überkommenen Leere, nein zu allem.

In Wirklichkeit versuchen sie, Nein zum Tod zu sagen.

Zurück im Büro des Bestatters, erklären sie mit unnötiger Härte, dass sie sich zu Tode schämen würden, wenn es zu einer solch armseligen Trauerfeier käme wie der, an der sie letzten Juli teilgenommen hätten. Ihr Schmerz sei größer. Die Angestellten des Bestattungsinstituts tun, als hätten sie den Vorwurf nicht gehört – Angehörige der Verstorbenen reagieren häufig überzogen. Die Eltern haben entschieden, dass sich meine Totenfeier an den Grenzen des Spektakels und des Sakralen abspielen wird. Sie können meinen Tod nicht im Geringsten akzeptieren, aber *wenn es sein muss*, wollen sie, dass meine Bestattung einmalig wird. Nicht eine Sekunde lang wird sie irgendwelchen Klischees unterworfen sein.

»Nicht eine Sekunde, verstehen Sie, nicht eine!«

Mama und Papa wollen alles Wichtige der Feierlichkeiten selbst in die Hand nehmen, alles, von der Leichenhalle bis zum Grab. Erstens, es kommt nicht infrage, die Kirche einzubeziehen. Zweitens, auch die laizistische Standardversion kommt nicht infrage. Sie weisen alles von sich – den ZM, die CDs, den Ablauf bis hin zu den Sarggriffen, an denen Mama nicht eine Spur lächerliches Silber glänzen sehen will – Rachel wird sie mit weißem Stoff umwickeln. Trotz der in Aussicht stehenden Schwierigkeiten schweigen die Bestatter höflich. Sie haben es mit Eltern zu tun, die sich in die Schlacht gestürzt haben gegen … Wogegen eigentlich? *Gegen das Vergessen*, denkt Papa. *Damit Lions Tod noch ein Moment des Lebens sei, nicht ein Moment des Nichts.* Dieser Gedanke gibt ihm einen Kick. »Es lebe das Leben«, sein alter Refrain tritt wieder ins Rampenlicht, »trotzdem.« Er glaubt noch immer daran. An etwas zu glauben ist für den Kampf von grundlegender Bedeutung.

Mama und Papa weigern sich, mit dem Garagentor, diesem lächerlichen ersten Akt, zu beginnen.

»Wenn die Leute das Krematorium betreten, wird der Sarg für alle sichtbar aufgestellt sein«, erklären sie.

»Aber unser Personal wird die Blumen anordnen müssen …«

»Ja und? Wen stört es, wenn die Sargträger die Blumen um den Sarg drapieren? Das ist doch absolut menschlich, Blumen hinlegen, völlig normal, oder?«

Als sie das Zögern bemerken, stellen sie ein für alle Mal klar: »Natürliche, keine künstlichen, nicht eine einzige!«

Sie wollen, dass sich die Sargträger und der ZM anschließend entfernen und während der gesamten Feier nicht zu sehen sind; es genügt, sie bei Bedarf in der Nähe zu haben. Die Bestatter sind unschlüssig. Mama und Papa bleiben hartnäckig. Immerhin seien Aufführungen ihr Metier. Gemeinsam mit ihren Freunden aus der Musik und vom Theater würden sie die Trauerfeier sehr gut ohne die Hilfe der Angestellten vom Krematorium geregelt bekommen. Sie ernten Widerspruch.

»Aber die Abfolge der Reden?«

»Darum kümmern wir uns.«

»Und die CDs?«

»Keine CDs, ausschließlich *live*, vor allem an diesem Tag. AUSSCHLIESSLICH LIVE!«

Sie haben sich von ihren Stühlen erhoben. Ihr Gebaren wird auf ihr Leid zurückgeführt. Man beugt sich ihnen.

»Aber trotz alledem, und die Reihenfolge insgesamt?«

»Reine Improvisation! Keine Reihenfolge, kein Leiter! Es wird so lange dauern, wie es dauert. Planen Sie den gesamten Nachmittag ein.«

Ratlosigkeit oder vielmehr ernsthafte Besorgnis aufseiten der Bestatter.

Zerknirscht lenken die Eltern ein: »Schon gut, schon gut, wir haben verstanden! Es wird zwangsläufig alles mit der

Verbrennung enden, machen Sie sich keine Sorgen, wir haben nicht vergessen, aus welchem Grund wir da sind. Keine Angst, wir werden alles zum Abschluss bringen. Dann werden wir nach Ihnen rufen. Aber vorher lassen Sie uns bitte auf unsere Art vorgehen.«

In ihrem Zorn schlagen sie einen ziemlich harten Ton an. Die Bestatter sind allerdings toleranter als angenommen – das müssen sie in solch heiklen Situationen auch sein können. Sie werden alles nach ihren Wünschen organisieren.

Nach dem kraftraubenden Gespräch fahren Mama und Papa auf dem Rückweg von Quimper nach Douarnenez einen Umweg über meinen zukünftigen Friedhof. Als handelte es sich um eine Ortsbegehung. Dort brechen sie endgültig zusammen.

Der Friedhof Sainte-Croix ist so neu, dass er noch gar kein Friedhof ist. Er ist nichts weiter als ein unbebautes Gelände, das auf Leichen und Gräber wartet. Eine Aufteilung ist durchaus vorhanden, auch Umrisse, angelegte Plätze, Beete mit ausgesäten Blumen, ein Gebäude für die Urnenhalle, hier und da ein paar junge Triebe, aber alles mit Blick auf die Zukunft. In zehn, in hundert Jahren wird dort bestimmt ein echtes Stück Erde sein, das die Toten aufnehmen kann. Im Moment ist Sainte-Croix, im Stadtteil von Kerlouarnec, eine Wüste. Die Toten brauchen aber eine Oase. Und die Lebenden auch. Mama und Papa hocken sich auf die Erde und weinen. Klar, wenn Lions Asche hier bestattet wird, schneiden sie sich ins eigene Fleisch.

Mama: »Es kommt nicht infrage, dass wir diesen Friedhof hier einweihen. Kommt nicht infrage, dass wir Lion in dieser Einöde aussetzen. Undenkbar hierherzukommen.«

Es hört sich an, als würden sie beide mit mir dort wohnen müssen. Blockade. Vorhin bei den Bestattern haben sie noch aufbegehrt, sich an etwas festgeklammert, an die Vorstellung von einer schönen Trauerfeier, wenigstens das. Jetzt denken sie nur noch ans Sterben. Bis dahin haben sie sich allem gestellt: meinem Tod, meinem Leichnam, der Leichenhalle, dem Thanatopraktiker, den einzelnen Schritten, egal, was kam. Aber jetzt ist es aus, nein, sie können nicht mehr. Die bittere Pille des wirklichen Todes kriegen sie einfach nicht runter. Vor meinem zukünftigen Friedhof, der auch ihrer sein wird, haben sie ihren absoluten Tiefpunkt erreicht. Sie bleiben auf der Erde sitzen und weinen.

So lange, bis Regen und Kälte sie aufscheuchen, sehr viel später.

Dienstagmorgen haben Jean-Yves, Bernard und Monique eine geniale Idee. Sie finden eine Lösung aus ihrer Hoffnungslosigkeit. Es besteht die Möglichkeit, mich in ein richtiges Grab auf dem alten Friedhof von Ploaré zu legen, gegenüber vom Meer, in unserer Nähe. Das wäre zwar nicht ganz vorschriftsmäßig, aber was kümmert die Gemeindeverwaltung schließlich der Tote, den man in ein verlassenes Familiengrab legt: zukünftige Gebeine oder bereits Asche, das ist egal, Hauptsache, es kommen dort die Überreste hinein. Die Aussicht auf ein Leben nach meinem Tod rückt für Mama und Papa wieder etwas näher. Die Vorbereitungen gehen erneut ihren Gang.

Mittwoch. Vier Tage nach meinem Tod. Mein Trauerzug kommt aus dem Aufbahrungsraum im Krankenhaus und bricht auf ins Krematorium. Vorn im Mercedes-Leichenwagen der Chauffeur mit Schirmmütze. Hinten Mama und Papa, die sich die Hand halten. Während der dreiundsiebzig Kilometer fällt kein einziges Wort. Es gibt nichts zu sagen auf dieser stupiden Strecke. Mein Sarg befindet sich in einem Seitenfach des Wagens, schon nicht mehr in ihrer Nähe. In drei oder vier Stunden, wenn ich erst einmal abgefackelt bin, kommt es noch schlimmer, dann bin ich Lichtjahre entfernt.

Die Landschaften fliegen in tristem Grau vorbei. Die Erinnerungen ebenfalls. Mama und Papa sehen in Gedanken Fotoalben vergangener Zeiten an sich vorüberziehen. Kilometer dreißig, Châteaulin: das Run, super Lokal. Wir wohnten erst seit Kurzem in der Bretagne, als sie mich mit dorthin nahmen. Coole Musik, erster Schluck Bier. Den Rock mochte ich, den Alkohol nicht. Kurz danach die Aulne, der Kanal von Nantes nach Brest; Foto mit Fahrrad und mir als vierzehnjährigem Jugendlichen. Während sich die Fünfzig- bis Sechzigjährigen frischen Wind durch die Adern pusten ließen, fand ich Fahrradtouren stinklangweilig. Pädagogische Maßnahme der Eltern. Kilometer dreiundvierzig, Pleyben: nichts, keine Erinnerung, kein Foto, der Wagen fährt einmal quer durch ihre persönliche Einöde. Kilometer fünfzig, Châteauneuf-du-Faou: Album vom ersten Fest-noz, dem traditionellen bretonischen Volksfest, das eigentlich ein Fest-diez war, da es am Nachmittag stattfand. Bunt gemischtes Publikum, generationenübergreifende Familien, es wird ungezwungen und ausgiebig getanzt; Bier im Veranstaltungszelt um die Ecke – hier wird ausgiebig getrunken. Fröhlichkeit unter Gleichgesinnten, aber Papa will danach nur noch eins, Bretone werden, *An dro, Plinn, Kann ha diskan*, Gavotte, Bombarden, er fährt auf alles ab. »Diese Bekloppten und dieser Tanz, das hat was!« Ich konnte mich nur darüber lustig machen; auch Mama war zurückhaltender; ich war nicht wieder hergekommen; sie schon, manchmal sollte sie sich von dem traditionellen Reigentanz mitreißen lassen, manchmal nicht. Kilometer zweiundsechzig, Cléden-Poher, nichts außer einer Erinnerung an einen Ausflug mit dem Ruderboot in Pont-Triffen, allerdings ohne mich. Nichts mit allen dreien gemeinsam bedeutet nichts, an das es zu denken lohnt. Und da auf »nichts« wie selbstverständlich »nie« folgt, gehen die Gefühle mit ihnen durch. Kilometer einundsiebzig, Ankunft in Carhaix-Plouguer, noch mehr Erinnerungsfotos, die Straße zum Festival »La Route du Rock« in Saint-Brieuc, jeden Frühling alle drei voll auf Musik. Außer dieses Jahr, Mist, wie schade, ich hatte Prüfungen an der Uni.

Der letzte Kilometer vor dem Ziel. Der Leichenwagen fährt an der Kirche von Carhaix vorbei, biegt in die Straße nach Brest und nach einhundert Metern rechts auf einen asphaltierten, abfallenden Weg, noch fünfzig Meter, ein flaues Gefühl im Magen, Schluss mit den Fotoalben, Halt, Endstation Krematorium, alle steigen aus. Es ist Punkt fünfzehn Uhr, die Feierlichkeiten beginnen exakt zum vereinbarten Termin. Achtung, der Chauffeur hat die Warnblinkanlage angestellt. Die Türen werden weit geöffnet. Die Sargträger nehmen ihre Mützen ab. Etikette bis ins kleinste Detail: Meine Trauerfeier beginnt. *Tatata taaa! Tatata taaa!* Wieso schwirrt ausgerechnet jetzt Beethoven in Papas Kopf herum?

Es herrscht großer Andrang – eine schmeichelhafte Geste, die unter dem tonnenschweren Leid nichts ausrichten kann. Der Wagen ist in der Mitte der vielen Menschen stehen geblieben. Letzten Juli hatten sie der Ankunft von Simons Leichenwagen zugeschaut. Heute sind sie es, die auf der Bühne stehen. Verlegen steigen sie aus. Schon fährt der Leichenwagen weiter. Instinktiv wollen sie ihm folgen – wohin sonst als dem Sarg hinterher? Aber nein, ein ZM taucht auf und flüstert ihnen zu, dass alles in Ordnung sei, sie bräuchten nur ins Gebäude zu gehen, wo dann der Sarg stehe. Mama läuft überstürzt auf eine Freundin zu, umarmt eine nach der anderen. Tränen, Umarmungen, abgehackte Worte. Papa beschließt spontan, auf niemanden zuzugehen, andernfalls würde er jeden umarmen und kein Ende mehr finden. Er dreht sich langsam um die eigene Achse und begrüßt alle auf einmal. »Danke, dass ihr da seid.« Wirklich erkennen tut er nichts, wie ein k. o. geschlagener, blinder Boxer im Ring oder ein trunkener, blutverschmierter Torero in der Arena steht er da.

Plötzlich verspürt er ein dringendes Bedürfnis. Noch rasch auf die Toilette, bevor es losgeht. Vor der Tür stößt Papa auf Lion, *den großen Lion*, wie sie ihn nannten, meinen Patenonkel. Er freut sich riesig, dass er von allen Brüdern ausgerechnet ihn hier trifft. Heute sind alle Empfindungen hundertfach potenziert, Papa lacht und klopft dem großen Lion beschwingt auf die Schultern. Er scheint auf einmal wie ausgewechselt, zurück auf null. »Gehen wir zusammen pinkeln?« So viel Heiterkeit macht den großen Lion verlegen. Die Begegnung mit seinem leidgeprüften Kumpel hatte ihn innerlich aufgewühlt, und nun scheint dieser einen Clown gefrühstückt zu haben. Im Augenblick ticken sie so verschieden wie noch nie. Der große Lion lässt ihn allein gehen. Hässliches Pissoir, Hände waschen, ein Schwall Tränen, das Gesicht mit Wasser bespritzen. Drei Minuten später sieht Papa Mama neben dem Sarg auf dem Boden sitzen, von Tränen überströmt. Sie schluchzen und weinen, zwei Häufchen Elend.

Als die Blumen, auf Mamas Wunsch hin alle weiß, um den Sarg verteilt sind – sie hatte es allen Freunden und Bekannten ausdrücklich gesagt, in der Zeitung und überall, *ausschließlich weiße Blumen*, als wäre dieses Weiß lebenswichtig –, entfernen sich die Uniformierten. Unter den Versammelten sind nur noch die zahlreichen so unvorstellbar nahen Freunde. Die Trauerfeier beginnt.

Zu Anfang haben sich Mama und Papa an meinem Sarg regelrecht festgehalten, sie saßen Seite an Seite am Boden, so nah wie möglich beieinander, und umklammerten sich. Trauerfeiern sollen dazu dienen, leichter Abschied nehmen zu können. Das wollen sie nicht.

Papa hatte zu Jean-Yves gesagt: »Ich habe keine Ahnung, in welchem Zustand wir in dem Moment sein werden, Martine und ich, ich weiß nicht, ob wir es schaffen werden, ein paar Worte zu sagen. Wir werden sehen. Ich hoffe sehr, dass ich in der Lage bin, zu unseren Freunden und Bekannten zu sprechen. Wenn wir aber nichts können außer weinen, mach du bitte das Beste draus.«

Jean-Yves nimmt hinter dem Pult den Platz des Zeremonienmeisters ein. Er ist jedoch alles andere als der Abklatsch eines ZM, weder schulmeisterlich noch förmlich, weder gezwungen noch filmreif. Sachlich begrüßt er alle Schwestern und Brüder – Mama und Papa verstehen sich und ihre Freunde als eine große Familie. Er spricht von Freundschaft und Emotionen. Ihre Finger krallen sich in den Holzsarg, sie vergießen bittere Tränen.

Papa springt hin und her zwischen Gegenwart und Zukunft. Jetzt bin ich da in dem Sarg; in drei Stunden sind mein Sarg und ich schon weiter, verbrannt. Das wird nichts ändern … und ob das was ändern wird. Papa will nicht in der Zukunft sein, Papa will auch nicht im Jetzt sein. Papa glaubt, nie wieder irgendetwas zu wollen. Er geht wieder zu Mama. *Dort in dem Sarg liegt unser Fleisch und Blut, nicht nur unser Herz.* Die rohen, ursprünglichen Abstammungsgesetze bringen ihn ins Schlingern. Er weint hemmungslos. Hält sich für den unglücklichsten Menschen der Welt. Er will nur eines: *Kommt alle mit, kommt! Legen wir uns alle auf den Sarg*. Dass alles angehalten wird, Stopp, keinen Schritt weiter. Papa will mich behalten, will hier Schluss machen. Nein, Papa, es ist unumgänglich, wir sind hier, damit es weitergeht.

Wenig später. Mama und Papa sind wieder aufgestanden.

Papa sagt hastig stotternd: »Danke, es ist so grausam, danke.«

Er lässt sich von seinen Gefühlen überwältigen. Hält inne. Nichts zu sagen. Nur Tränen. Im selben Moment fällt es ihm jedoch wie Schuppen von den Augen: Er muss erzählen. Nicht von der Leere, sondern von der reichen Fülle. Alles werden sie erzählen, von den letzten Tagen meines Lebens, woran ich gestorben bin, wie ich gestorben bin, jeder will das wissen, er muss davon erzählen. Ohne Absprache kommt Mama zur gleichen Erkenntnis. Und dann noch etwas: Sie müssen alle beide Schritt für Schritt die gemeinsam verbrachten schönen Stunden der letzten Woche nachzeichnen. Das Wunder von Montag, Dienstag, Mittwoch, Donnerstag: die so unglaublich harmonischen Tage zu dritt. Und dann das Desaster von Freitag und Samstag.

Sie haben das Gefühl, dass der Tod, solange sie nur erzählen, nicht alles zu fassen bekommt.

Auf einmal feste Stimmen, selbst unter Tränen. Es beginnt eine große Improvisation, die einzig wahrhaftige ihres Künstlerdaseins. Merkwürdigerweise werden sie ausgerechnet hier, in diesem Krematorium, eine schöne und wohltuende Erfahrung machen. Umso besser.

Ihr Bericht beginnt am Anfang der letzten Woche, die wir gemeinsam verbracht haben, so liebevoll zu dritt vereint wie wahrscheinlich noch nie. Am Montag, den 20., rief Papa mich an.

»Wir hatten beide gerade ein Fußballspiel im Fernsehen verfolgt, jeder für sich, er in Rennes, ich in Douarnenez. Wir liebten Fußball; als Lion klein war, haben wir immer zusammen Spiele angeschaut. Wir sind sogar ins Prinzenparkstadion gegangen und natürlich ins Q-Stadion von Quimper. Gleich nach der Übertragung letzten Montag haben wir zum Hörer gegriffen und das Spiel auseinandergenommen. Arsenal, Manchester, das Spiel, der Schiedsrichter, die Trainer. Diese Engländer spielen echt stilvollen Fußball! Ich lag auf meinem Bett und hatte den Hörstöpsel in der Ohrmuschel stecken. Lion muss in seiner Studentenbude in der Rue Duhamel auf dem Sofa gelegen haben. Wir plauderten und waren schlicht und einfach glücklich. Ihr könnt euch nicht vorstellen, was für ein kostbares Geschenk es ist, euch jetzt davon erzählen zu können.«

Er dreht sich zu Mama und spricht, als wären sie allein.

»Diese glücklichen Momente, die wir mit ihm erlebt haben … Lion hat gelebt, das ist unvergänglich.«

Sie versuchen, sich von der Unvergänglichkeit des Glücks

zu überzeugen. Sie weinen. Auf Zeit achtet längst keiner mehr.

»Seit seiner Geburt haben wir so manche kleine und große schöne Momente wie diese da erlebt. Aber im Laufe der letzten Woche sind wie durch ein Wunder unglaublich viele kleine Glücksmomente zusammengekommen. Ich versichere euch, das reime ich mir nicht im Nachhinein zusammen. Diese alltäglichen Glücksmomente sind nicht lächerlich, es sind nichtige, kaum erzählbare Augenblicke von immenser Wirkung. Ich war ein glücklicher Vater. Heute lässt es einen erschaudern: Lion sollte in fünf Tagen sterben, und ich habe nichts kommen sehen.«

Er kann nicht anders und fügt hinzu: »Er hoffentlich auch nicht. Gott bewahre, dass er etwas geahnt hat.«

Bedrückte Stimmung. Mama und Papa denken an mich, der ich bald eine Woche tot bin. Die Freunde denken alle an sich und daran, wann ihre Stunde schlagen wird.

An jenem Montag war Mama bereits in Rennes angekommen, wo sie mit den Schauspielschülern des Nationaltheaters der Bretagne arbeiten sollte. Sie ergreift das Wort: »Von meinem Hotelzimmer aus konnte ich das Dach des Gebäudes sehen, in dem er seine Studentenwohnung hatte. Als hätten wir nur ein paar Schritte auseinander gewohnt. Diese Nähe rührte mich. Abends sind wir in einem orientalischen Restaurant essen gegangen. Lion erzählte mir, dass er sich für verschiedene Seminare in Musik eingeschrieben hatte und nun ernsthaft am Didgeridoo arbeiten wollte. Darüber war ich sehr glücklich, ich hatte mir so sehr gewünscht, dass er Musik macht. Beim Abschied hat er mich auf der Straße fest in die Arme geschlossen.«

Tränen strömen über Mamas Gesicht, während sie von dem Treffen erzählt. Sie fließen ununterbrochen, was sie jedoch nicht daran hindert, zu sprechen. Papa bestaunt die unvorstellbaren Bande zwischen einer Mutter und ihrem Sohn.

Mama nähert sich unseren Freunden in der vorderen Reihe. Papa folgt ihr, hält ihre Hand. Sie fährt fort: »Es war kalt und neblig, und trotzdem konnten wir uns irgendwie nicht trennen. Am Ende haben wir uns für den übernächsten Tag verabredet, wenn Michel aus Rennes kommen sollte. Dann ist Lion losgelaufen, die Übertragung des Fußballspiels musste jeden Moment beginnen.«

Sie schweigt. Mama und Papa halten sich noch immer an den Händen. Eine Zeit lang rückt mein Sarg wieder in den Vordergrund. Es eilt nichts.

Etwas später. Sie sitzen zu beiden Seiten neben Nicole, die zärtlich die Arme um ihre Schultern gelegt hat. Ein Trio. Jean-Claude spielt Schubert. Er ist extra mit France und Cécile aus Saint-Piat angereist. Er, der es gewohnt ist, auf den schönsten Steinways der Welt zu spielen, hat umstandslos ein elektronisches Piano in sein Auto gepackt, um ihnen seine Musik zu schenken. *Moment musical As-Dur*, so unglaublich geheimnisvoll und sanft wie nie und heute selbstverständlich auch tragisch. Stille. Tränen.

Noch etwas später. Mama: »Mittwoch waren Michel und ich in Rennes zur Oper verabredet, *Athalia* von Händel, Daniel B. hatte uns eingeladen. Ich weiß nicht, wie ich es gewagt habe, dass ich Lion vorschlug mitzukommen. Ich hatte den Mut beinahe wieder verloren, aus Angst, eine Abfuhr zu erhalten. Aber anstatt sich wie üblich über unseren altmodischen Hang zu Opern lustig zu machen, sagte Lion zu. Eine schöne Überraschung.«

Und dann wie ein Geständnis: »Ich bin mir sicher, er hätte eine schöne Stimme gehabt. Lion hat zwar nie gesungen, aber ich bin mir ganz sicher.«

Mama schwärmt in höchsten Tönen.

»Er war begabt. Wir mochten klassische Musik, er Pop und Rock. Wir waren keine guten Eltern. Was Musik angeht, hätte er so viel machen können, aber wir haben ihn nie ermuntert zu üben.«

Schuldgefühle kommen auf – was sie nicht alles hätten tun können. Sie haben nicht versucht, aus mir einen Musiker zu machen. Schon nach drei Wochen habe ich die Klavierstunden sausen lassen. Unter dem Vorwand, einem kleinen Jungen von sieben Jahren nicht das Gleiche, was seine Eltern tun, aufzwingen zu wollen, haben sie es sein gelassen. Erster Fehler. Fünf Jahre später habe ich mit Saxofon begonnen, ich wollte Johann nachahmen. Schon bald habe ich alles wieder hingeschmissen. Entmutigt gaben sie es dran.

Der Spinozist in Papa reißt sich zusammen. *Das Glück ist unvergänglich, das ist es, worum es heute geht, und nichts anderes!* Er erhebt sich und nimmt den Faden der Erzählung auf.

»Jedenfalls eine herrliche Überraschung, Lion hatte zugesagt, mit uns in die Oper zu gehen. Das wäre das erste Mal, dass wir uns gemeinsam eine Oper anschauten. Wir haben sein Kommen als ein Geschenk betrachtet.«

Papa stützt sich an einem Fitzelchen Glück ab.

Schritt für Schritt entfernt er sich nun von meinem Sarg.

Er redet und geht gleichzeitig durch die um ihn versammelte Schar von Freunden. Er streichelt eine Wange, wird in den Arm genommen, ergreift eine Hand, »Du auch! Du auch!«, Kopf an Kopf, »Danke, dass du da bist«, eine Berührung nach der anderen, und während er von einem zum anderen geht, erzählt er immer weiter. Grenzenlose Zuneigung aus allen Richtungen, die er wahrscheinlich noch nie so deutlich gespürt hat. Papa fragt sich: *Warum muss es erst zu solch traurigen Momenten kommen?* Er läuft zum Sarg zurück. Und macht sofort wieder kehrt.

Zurück zur Oper in Rennes.

»Zur Begrüßung haben wir uns lange fest im Arm gehalten, an dem Mittwochabend auf der Place de la Mairie, vor dem Theater, wo wir verabredet waren.«

Papa geht wieder zu Mama. Sie hat vorhin erzählt, wie ich sie am Montagabend lange umarmt habe.

»Ich auch, ich habe mich auch gefreut, dass wir uns so innig in die Arme genommen haben!«

Auf einmal kommt ihm eine idiotische Frage in den Sinn: Wer hat ihren Sohn wohl mehr geliebt, Papa oder Mama? Er schaltet sofort weg. Stimmt eigentlich, wen hab ich lieber gehabt? Nein, ich nehme den Joker!

Ami spielt Geige. Obwohl seine Finger kaputt sind und er krank ist, hat er sein Instrument mitgebracht und spielt die *Partita* von Bach, notgedrungen in langsamem Tempo. Dann singt seine Geige das *Kaddisch* von Ravel, ohne Text. Ohne die Worte: »Du, der du die Verstorbenen auferstehen lassen musst…« Worte, die Papa nicht ertragen würde hier neben meinem Sarg. Die Auferstehung, das Paradies, das ewige Leben, alles Worte, die er aus seinem persönlichen Wörterbuch gestrichen hat. Ami und Ravel sprechen mein Abschiedsgebet. Papa hat nichts gegen das Gebet, allerdings ohne Abschied und ohne Gott. Er weint trotzdem. Von Mama ganz zu schweigen.

Geraume Zeit später. Papas Erzählung geht weiter.

»Ich hatte Daniel B. angerufen, der in letzter Minute noch eine Karte für Lion ergattern konnte. Er war allerdings untröstlich, da er keine Plätze mehr nebeneinander bekommen hatte. Ich versicherte ihm, dass es nicht schlimm sei – ich glaubte noch immer, dass es nicht wichtig ist, nebeneinanderzusitzen. Vor der Aufführung Abendessen mit dem Theaterdirektor. Lion wird sich in dieser geschwätzigen Runde gelangweilt haben und du dich auch, Martine, verzeih mir.«

Er dreht sich zu meinem Sarg.

»Verzeih mir, Lion.«

Er entschuldigt sich nicht nur für dieses eine Mal, sondern auch für zig andere gemeinsame Abendessen, die sowohl Zeichen seiner väterlichen Vernachlässigung waren als auch den kläglichen Versuch eines Kompromisses aus Berufs- und Familienleben darstellten.

»Auf einmal wurde die Zeit knapp, reichte nicht einmal mehr für einen Kaffee, wir rannten auf unsere Plätze, wir in der Direktorenloge, Lion am Orchestergraben. Vom Balkon aus schauten wir häufig zu unserem Sohn dort unten, ganz links, in der ersten Reihe zwei Schritte von der Bühne entfernt. Die Sänger waren genauso jung und hübsch wie er.«

Offensichtlich hätten mich Mama und Papa gern auf der Bühne gesehen, als Sänger unter Sängern.

»Martine und ich waren hin und weg. Die Aufführung war außerordentlich gut, die musikalische Leitung auch. In der Pause sagte uns Lion, dass es ihm auch sehr gefiel! Zu unserem großen Erstaunen: Es war Jahre her, dass er uns freiheraus gesagt hat, was ihm gefällt. Und auch noch eine Oper: Sie war mehr als nur ein Beruf für uns, eine Leidenschaft mit allem, was sie an Gefahren für das Familienleben mit sich bringt! Lion mag etwas, Lion mag das, was wir mögen, und er sagt es, er sagt es uns! Das sind riesige Geschenke!«

Papa schreit aus Leibeskräften durch das Krematorium: »GESCHENKE! GESCHENKE! GESCHENKE!«

Der traurige Schwärmer mit Freudentränen in den Augen wendet sich schließlich wieder meinem Sarg zu.

»Lion, du hast uns letzte Woche lauter Geschenke gemacht! GESCHENKE!«

Zwei Sargträger öffnen einen Spaltbreit die Tür, um zu sehen, was es mit diesem Geschrei auf sich hat. Aber es hat sich alles wieder normalisiert, die Eltern weinen, die Versammelten auch. Die Sargträger verschwinden.

Mama und Papa halten ihre Hände einander zugewandt, ganz dicht, nur wenige Zentimeter auseinander, auf Höhe ihrer Gesichter. Sie sprechen wie in einen Spiegel. Papa, der seine Hand kaum von der Stelle rührt, hatte ihr diese Einzelheiten noch nicht erzählt.

»Du musstest am nächsten Morgen ziemlich früh ins Theater, um zu arbeiten, deshalb bist du in der Pause gegangen. Du hast den Sohn und den Vater gemeinsam zurückgelassen. Ich habe Lion vorgeschlagen, hinauf in die Loge zu kommen, auf deinen Platz. Wir verfolgen die Oper also nebeneinander in der Loge, glücklich, uns so nahe zu sein. Anschließend gehen wir in einer Kneipe im Zentrum von Rennes etwas trinken. Aber nach Händel eine volle Dröhnung schlechten Rap, das geht einfach nicht. Unmöglich, sich zu unterhalten, ohne zu schreien. Vom Qualm muss ich außerdem husten. Wir verlassen den Laden, leider, und gehen nach Hause, er in seine Bude, ich ins Hotel, wo Martine schon schläft. Ich hasse dieses Lokal dafür, dass man es darin nicht aushalten konnte, wir hätten noch stundenlang geplaudert in dieser Nacht. Vielleicht wäre irgendetwas anders gelaufen.«

Es reicht, da sind sie wieder, die Vorwürfe, diese teuflische Reuemaschine, die das aufleiert, was er getan und was er nicht getan hat, was anders wäre, wenn ... Da kommt mal eben ein Teufel vorbei und versaut die ganze Beerdigung. Scheiße noch mal. Papa verstrickt sich in Gewissensbissen. Mama fasst seine Hand und schüttelt den bösen Pechschleier ab. Mithilfe ihrer Liebkosung kriegt er wieder die Kurve. Die Finger greifen ineinander, er ist wieder bei mir.

»Lion und ich sind schweigend nebeneinanderher gelaufen. Es war Mitternacht, ziemlich kalt, und aus unserer Unterhaltung war der Schwung raus. Neben Martines Hotel gehen wir auseinander, an der Ecke Passage du Théâtre ...«

»Nein, nicht du Théâtre, de la ... de la Grippe! Diese kleine Fußgängergasse, die geradewegs aufs Nationaltheater zuläuft, die heißt Rue de la Grippe ...«

Papa sieht Mama fassungslos an. Wie? Rue de la Grippe? Sollte wirklich jedes kleinste Detail eine Bedeutung haben? Er ist fix und fertig. Am Montag, zwei Tage vor der Oper, war ich in Rennes beim Arzt gewesen, der einen leichten grippalen Infekt diagnostiziert und mir ein Rezept ausgestellt hatte. Mittwochabend bei der Aufführung ging es mir schon viel besser. Nach der Vorstellung haben wir uns an der *Rue de la Grippe* verabschiedet, und drei Tage später, am Samstag, sterbe ich an einer Meningitis. Diese Vetternwirtschaft zwischen der Zeit, dem Virus und der Sprache macht sie kirre. Sie finden keine Worte mehr. Aber nein, in wechselseitiger Eingebung beschließen sie, dass der schlechte Film, der da drei Sekunden lang in ihren Köpfen ablief, unter ihnen bleibt. Sie werden keine Anspielungen machen, weder auf die Grenzen der Medizin noch auf die Zufälligkeit von Straßennamen. Sie werden nicht sagen, dass das Schicksal überall lauert. Papa erzählt weiter. Den Grund für ihr zögerliches Verhalten schieben die Freunde auf ihre derzeitige Gefühlslage.

»Lion macht sich also auf in die besagte Rue de la Grippe; bevor er verschwunden ist, rufe ich ihm noch einmal hinterher. Mein Termin an dem Donnerstag ist erst um 14 Uhr 30, ob er Lust auf ein gemeinsames Mittagessen hat? Ja? Super, bis morgen Mittag im Picca, vor dem Rathaus. Wir verabschieden uns und klopfen uns auf die Schultern, so richtig männlich. Das haben wir häufig so gemacht, Lion und ich.«

Mama: »In der Vergangenheit war es häufig eher schwierig gewesen. Bis vor nicht allzu langer Zeit war er ja noch ein Jugendlicher.«

Erinnerungen an die so verhassten, endlosen Streitereien ziehen auf. Nein, nicht verhasst, bedauert, geliebt. Papas Gedanken schießen kreuz und quer. Die Streitereien sind Teil der Erinnerungen der Gegenwart. *Also war er lebendig, also war es ein Glück*. Papa versucht, sich zu überzeugen, wo es nur geht.

Mama redet weiter: »Jeder Tag in dieser Woche, wenn wir uns sahen, war voller Liebe. Es gab nicht die kleinste Spannung zwischen uns. Kein Augenblick von Distanz.«

Es tut ihnen gut, diese Liebe noch wie ein Echo in sich zu spüren.

»Außerdem tut es gut, euch davon zu erzählen.«

»... Gestreckt, im grünen Bett vom Licht betaut.
Ein Strauch deckt seine Füße. Wie ein Kind
Lächelnd, das krank ist, hält er seinen Schlummer.
Natur umhüll ihn warm! Es friert ihn noch ...«

Isabelle eilt Mama in der richtigen Sekunde zu Hilfe. Sie und Rimbaud entreißen ihnen die Tränen. Dann Vicente, der seine Gitarre und García Lorca und Andalusien mitgebracht hat. *La Petenera*. Papas innere Stimme bebt mit den Schultern: *Die* Petenera *von Vicente hat dich schon immer zu Tränen gerührt, schon vor dem Tod deines Sohns*. Ich habe ihm nie von dem Lied erzählt, das auf meinem MP3 zum Hit avanciert ist – er hat es gestern von Marie und Romain erfahren. Darum weint er vielleicht jetzt. Weil ich ihm nicht davon erzählt habe. Oder aber, weil wir beide Flamenco liebten. Papa überlegt hin und her, eine innere Beratschlagung, wie Philosophen es nennen würden. In Papa herrscht momentan eher das Chaos, ein Ringen des Selbst gegen sich selbst, ein Kampf. Er zuckt mit den Schultern. Seit zwei Stunden zuckt er häufig mit den Schultern. Die Freunde halten diesen Zaubertrick, Widersprüche abzuwenden, für einen nervösen Tick.

Papa nimmt seine Erzählung wieder auf.

»Donnerstag haben wir dann zusammen mittaggegessen, Lion und ich. Wir haben über die Aufführung gesprochen und uns über den Chirurgen lustig gemacht, dem Georg Friedrich Händel zum Opfer gefallen ist, kurz nachdem auch Johann Sebastian Bach von ihm auf dem OP-Tisch zur Strecke gebracht wurde. Händel und Bach mit gleichem Werdegang, keine schlechte Beute für einen Mediziner, nicht wahr? Anschließend kamen wir auf sein Studium zu sprechen. Lion sollte Staatsexamen machen, er musste langsam an die Abschlussarbeit denken, welches Thema und bei welchem Professor. Im nächsten Jahr wollte er gern an eine Universität im Ausland. Er hatte die Wahl zwischen einer Uni in Kanada oder in Island. Ich plädierte für Kanada – dort gab es zwangsläufig besser spezialisierte Unis als in Island. Lion zog es mehr nach Island. Ich habe ihm nicht widersprochen; es eilte ja nicht, er sollte sich erst mal erkundigen. Eigentlich war ich partout gegen Island, mir passte es nicht, aber ich habe meine Klappe gehalten. Zum Glück: Wenigstens muss ich mich jetzt nicht ständig daran erinnern, wie patriarchalisch, doof und schulmeisterlich ich bei unserem letzten gemeinsamen Mittagessen gewesen bin. Um Viertel nach zwei drängte ich zur Eile. Ich hatte einen Termin bei der DRAC, dem regionalen Zweig des Kultusministeriums. Lion musste in dieselbe Richtung, er wollte in einen Laden in der Rue du Chapitre. Weitere zweihundert Meter gemeinsam. An der Place du Calvaire haben wir uns getrennt. Gestern Abend, in Douarnenez, habe ich die nagelneue Tasche gefunden, die er sich nach unserem Abschied gekauft hat.«

Papa kickt mit dem Fuß ins Leere, wie um die *Purpura*

fulminans zu verjagen, die ihm schon in Form von Worten übel im Mund aufstößt.

»Das war eine schlechte Entscheidung von mir, letzten Donnerstag. Anstatt zu dem Termin hätte ich mit ihm shoppen gehen sollen.«

Tränen, mal wieder.

Ihre Freunde ergreifen hin und wieder das Wort, in loser Reihenfolge, ohne sich vorher abzustimmen. Und dennoch wird es ein Konzert von Stimmen, gesungen wie gesprochen, einer vollendet den Satz des anderen, der nächste knüpft daran an, egal wer, egal wann, rund um das Gesangsduo Mama und Papa. Ab und zu entstehen lange Schweigeminuten, aber niemand hat Angst vor der Leere. Schweigen kann auch Musik sein, sagt Susumu. Kein Chef, kein Regisseur, kein ZM. Als Begleitung zur elterlichen Erzählung ein *Chorus, Tutti* ohne Masken und Auffangnetz, Antworten auf Zuruf, niemand weiß, wo es langgeht, aber es geht.

Sie bereiten mir eine wirklich schöne Trauerfeier.

France am Klavier. Sie spielt einen Choral von Bach: »Wachet auf, ruft uns die Stimme.« Absolute Präsenz, *fortissimo*, als würden mich alle anstarren. Zwei Freunde aus der Oberstufe erzählen von unseren Spritztouren, vom Zelten und Fußball – wenn auch nichts vom nächtelangen Computerspielen oder Kiffen. Abermals Musik, und zwar nicht ausschließlich *live*: erst eine Platte von Radiohead, dann Portishead, der dritte Titel der CD, *Undenied – For so bare is my heart, I can't hide* –, neben Björk meine Lieblingsbands. Papa stellt sich vor, wie ein kleines Licht entflammt, das ich wäre. Und mit einem langen, glückseligen Lächeln hängt er dem Nachtlicht seiner Träume nach.

Ihre Erzählung neigt sich dem Ende zu, Freitagnacht, meine extreme Erschöpfung, mein Fieber am nächsten Morgen, Schluss mit Geschenken, Rettungsdienst, Krankenhaus und dann mein Tod um 16 Uhr 17. Schneidende Stille. Aus allen Ecken hört man es schniefen.

Annie erhebt sich. Vom hinteren Ende des Saals, den Blick tief in Mamas Augen versunken, singt sie eine *Gwerz*, ein bretonisches Klagelied, schlicht und ohne folkloristischen Einschlag, wie man es nur in solchen Momenten singen kann. Keine Frage, fortan wird Papa jedes Mal weinen, sobald er sich daran erinnert. In keinem Lied der Welt steckt für ihn so viel Wahres. Obwohl er kein Wort Bretonisch kann, versteht er alles: Es ist die Musik, die spricht.

»... Marv eo ma mestrez, marv ma holl fiañs,
Marv ma vlijadur ha tout ma holl esperañs,
Biken' mije soñjet nar marv a deufe ...«

»... Mein Liebchen ist tot, tot all mein Vertrauen,
Tot meine Freude und meine Hoffnung,
Nie hätte ich gedacht, der Tod komme ...«

In Annies Gesang steckt alles, Zärtlichkeit, Verzweiflung und offene Arme. Licht, Leid, Papa schwebt zwischen Verzückung und Ohnmacht. *Das ist eine echte Zeremonie.* Papa ist begeistert. *Eine richtige Aufführung ist eine Zeremonie im Verborgenen.* Papa zittert. »Y a d'la joie!«, flüstert ihm der Teufel Charles Trenet die Freudenbotschaft ins Ohr. Papa fantasiert. Rasender Stimmungswechsel. Stopp! Papa schlägt wieder die Trauer ins Gesicht. Von Freude keine Spur.

Der Moment ist gekommen, die Sargträger zu bitten, den Sarg zum Ofen zu tragen. Mama und Papa geben das unzeigbare Zeichen. Dann betreten sie das gefängnisartige Besucherzimmer des Krematoriums. Wieder und wieder wollen sie meinen Sarg sehen. Was sie aber jetzt zu sehen bekommen, ist nicht der Sarg, sondern das Verschwinden des Sargs.

Die Schiebetür des Ofens schließt sich. Hilfe. Feuer.

Aus der Mitte der Versammelten erklingt der Bendir von Youval. Diese Musik habe ich als kleines Baby immer gehört, als Youval unter uns wohnte.

Protokoll des Krematoriums: »Der Sarg mit dem Leichnam wurde um 15 Uhr 31 in das vorgeheizte Gerät eingeführt.«

Mama und Papa wollten unter keinen Umständen, dass die Trauerversammlung in finsterer Atmosphäre in dem Lokal gegenüber zu Ende geht, während sie darauf warten, bis alles verbrannt ist. Begleitet vom grummelnden Geräusch des Ofens wird die Feier fortgesetzt. Noch anderthalb Stunden Erinnerungen, Musik, Stille, Worte, Schluchzer. Draußen regnet es. Auf einmal treten Pierres Umrisse in Erscheinung wie ein Nachhall auf das Gedicht, das gerade mein Freund Antoine vorgelesen hat. Pierres Anwesenheit, wenn auch flüchtig, bringt Erleichterung. Alle hatten befürchtet, dass Pierre nicht die Kraft findet zu kommen. Neben Antoine war Pierre mein bester Freund. Seine Intelligenz war faszinierend, genauso beeindruckend wie sein wahnsinnig klarer Verstand. Pierre geht draußen vor den Glastüren des Krematoriums auf und ab. Papa ist unsicher, ob er die Feier verlassen und zu ihm gehen soll. Er will so nah wie möglich bei Mama und dem Ofen sein, der mich gerade verschlingt. Wieder ringt er mit sich, ein brutaler Kampf. Bleiben? Zu Pierre gehen? Papa ist durcheinander. Er geht hinaus in den Garten, obwohl er die Feier nicht verlassen will. Draußen entdeckt er zu seiner Überraschung einen Anknüpfungspunkt: Rausgehen war ein gutes Mittel, mir näherzukommen. Papa nimmt Pierres Hand, so wie er immer meine genommen hat. Pierre lässt es geschehen. Ihre Köpfe stoßen sanft aneinander, eine zärtliche Berührung. Pierre will das Krematorium nicht betreten. Doch Papa lässt nicht locker. Er hört Noémie und Christophe drinnen Ravel spielen. Er möchte nichts lieber als ihrem Geige-Cello-Duo lauschen, und gleichzeitig ist ihm daran gelegen, jetzt bei Pierre zu sein. Außerdem will er bei Mama sein. Und bei mir. Papa will alles. Es zerrt ihn in sämtliche Richtungen. Er ist gefangen in einer Sackgasse.

Geh los, Papa! Du willst alles? Dann nimm alles! Wenn Pierre nicht hereinkommen will, brauchst du nur zu beschließen, dass die Feier bis in den Garten geht. Du willst auch Musik? Öffne die Tür zum Krematorium. Papa kehrt zu Pierre zurück, gefolgt von der Musik und Martines inniger Liebe. Pierre, Papa und Mama, die Freunde und die Musik, alle sind bei mir, Papa fühlt sich nicht mehr gevierteilt.

Zum ersten Mal akzeptiert Papa Pierre so, wie er ist. Papa begreift, was er als Vater, der sich wegen Drogen und schlechten Noten Sorgen macht, nicht akzeptiert hat: *Pierre war ein Freund von Lion*. Gestern Abend hat Pierre ihnen Filme und Fotos nach Douarnenez gebracht: ein Haufen Erinnerungen an Zechgelage unserer unzertrennlichen Clique, der Mama und Papa zutiefst misstrauten: Drogen, Alkohol, Hass auf Lehrer, Computerspiele bis in die frühen Morgenstunden, einfach alles, alles, was Eltern sich für ihren Sohn und Gymnasialschüler nicht wünschen. Papa hat auf den Fotos nach seinem Bild von mir gesucht. Gefunden hat er einen völlig veränderten Menschen, fröhlich, extrovertiert, offenherzig, wie ich ihnen gegenüber schon seit einer Ewigkeit nicht mehr war. Verwunderung. Schuldgefühle. Unverständnis. Auch Verärgerung. Über dich oder über mich? Doch dann, letzten Endes hat er keine große Wahl, er akzeptiert, schließlich ist Moral hier nicht mehr angebracht.

Papa ist mir ein Stück nähergekommen.

Als er aus dem Garten zurückkommt, wo Pierre trotz Regens verweilen will, liest Jacques gerade ein Gedicht vor. Fernando Pessoa.

»Ich hob die rechte Hand und grüßte die Sonne,
aber ich grüßte sie nicht, um Abschied zu nehmen,
sondern zum Zeichen, dass es mir lieb war,
sie vorher zu sehen,
nichts weiter.«

Vor der Leichenhalle des Krankenhauses, in dem ich vor kaum vier Tagen gestorben war, hat sich Papa gezwungen, die Sonne zu begrüßen mit: »Es lebe das Leben, es lebe das Leben trotzdem!« Lächerlich, Papa findet sich nur noch lächerlich, jetzt, da der Ofen zu ist und alles verbrennt. Verdammt, Pessoa, die Sonne grüßen nützt jetzt auch nichts mehr. Der bloße Gedanke an den kleinsten Lichtschimmer ist schier unmöglich.

Papa setzt sich in die letzte Reihe. Jean-Claude spielt ein weiteres Impromptu von Schubert. Ges-Dur. Papa sinniert über die Einäscherung und ihre Folgen. Jean-Claude hatte ihm bei seiner Ankunft gesagt, dass, sollte Gott am Abend aller Welten Ende die großartige, versprochene Auferstehung des Fleisches gelingen, dass es da egal sei, ob die Leichname in der Erde oder im Feuer bestattet wurden: Die Wiederherstellung von Milliarden über Milliarden von Entschlafenen wird in jedem Fall eine riesige Glanzleistung. Bei dem Gedanken an die irrsinnige Arbeit, die Gott erwartet, musste Papa lachen. Knochen oder Asche, ist das im Endeffekt egal? Eines seiner alten, vom Katholizismus übernommenen Vorurteile bricht zusammen. Urnen und Gräber haben das gleiche Schicksal.

Aber mit der Feuerbestattung entsteht Hitze im Ofen, brüllende Hitze. Papa hasst die Hitze. Wenn wir im Sommer irgendwo unterwegs waren, schlich er an Hauswänden entlang, immer schön im Schatten. Mir war unbegreiflich, dass er das, was Mama anbetete, unerträglich fand. Wenn er also nie eine Feuerbestattung wollte, dann auch, um nicht gebraten zu werden – weder in echt noch in der Hölle. *Feuerbestattung*: Wie ein Blitz hat ihn das Wort getroffen, als Mama es beim Bestatter vorsichtig aussprach. Am Ende hatte Papa aber nicht widersprochen.

Er widerspricht noch immer nicht. Er versucht lediglich, sich an den Gedanken der Asche zu gewöhnen. Was gar nicht einfach ist.

Protokoll des Krematoriums: »Nach abgeschlossener Kremation, 16 Uhr 58, wurde die Asche in eine Urne gefüllt und den Angehörigen überreicht.«

Nach der Trauerfeier in Carhaix wird meine Asche unter strömendem Regen in Ploaré beerdigt. Ich werde nicht im wörtlichen Sinne beerdigt: Das ist absolut nicht das richtige Wort, aber wenn man das Aschegefäß in eine Urnengruft stellt, die mit einer Zementplatte von drei Quadratmetern Größe ordnungsgemäß abgedeckt wird, wird es den Anschein haben, dass ich wie alle beerdigt bin. Allerdings ohne Kreuz, das wollten Mama und Papa nicht. Mein Grab ist eines der wenigen Grabstätten des Friedhofs, auf dem kein Christus am Kreuz steht, den Kopf nach rechts geneigt. – Frage an alle Friedhofsgänger: Warum haben so wenige Christusfiguren den Kopf nach links geneigt?

Aber … ein kleines Aber wäre da noch. Als sie gerade zum Friedhof aufbrechen wollen, vollführten Mama und Papa noch schnell eine kleine Drehung um hundertachtzig Grad. Sie öffneten die Urne, was zwar nicht so frevelhaft ist, wie einen Sarg zu öffnen. Unheimlich war es ihnen trotzdem. Sie wollten noch ein letztes Mal etwas von ihrem Sohn sehen, bloß ein allerletztes Mal vor der Grablegung. Doch beim bloßen Anschauen konnten sie es nicht belassen. Mama holte einen Löffel hervor und steckte etwas Asche für zu Hause ein. Papa hat mitgemacht, ohne sich an irgendein theoretisch untermauertes Verteidigungsgerüst über die Trennung von Toten und Lebenden zu klammern. Schluss mit dem ganzen Vernunftgehabe vor der Abfahrt zum Friedhof. Mama und Papa verspürten nur noch ein einziges Grundbedürfnis: bewahren, ein wenig zurückbehalten, noch etwas von diesem Sohn, der von ihnen geht, einbehalten. Meine Asche sollte sich fast vollständig auf dem Friedhof befinden, nur ein paar Messerspitzen waren woanders, in zwei winzig kleinen Schachteln – eine in Mamas Schublade, die andere in Papas Bücherregal.

Einige Wochen später. Unser Freund Giloup stellt das schönste Geschenk auf mein Grab, das man sich vorstellen kann: einen massiven Löwenkopf, dreißig bis vierzig Kilo schwer. Sein eigener Großvater hatte ihn vor Jahrzehnten gehauen. Ein heidnisches Totem aus Stein mitten in einem Wald aus Kruzifixen. Ein graugelber Urahn hält nun in Ploaré bei mir Wache. Ein solider Kopf mit gutmütigem und gelassenem Gesichtsaudruck, als stünde er schon seit Urzeiten dort.

5. Kapitel

Wenn ich also an etwas denken muss, das mir fehlt, dann soll ich sagen, dass es da ist? Richtig, so heißt du jedes Fehlen willkommen, du bereitest ihm einen herzlichen Empfang.

ERRI DE LUCA

In den Fluren der Nacht wird der Tod zu dem, was er ist: eine nur fast ewig währende Trennung, unterbrochen von kurzen, ekstatischen Begegnungen des Wiedersehens. Ohne die Träume wäre der Tod sterblich – oder unsterblich? Aber er hat einen Riss, ist hereingelegt und vereitelt worden. Geister entfliehen seinen Gefilden und spenden uns Sterblichen Trost.

HÉLÈNE CIXOUS

MAMA KOMMT IN mein Zimmer: »Es ist Zeit, wir müssen gehen.« Ich ziehe die Decke über den Kopf und schlafe weiter. Sie schließt die Tür. Ich sehe ziemlich dünn aus, als hätte ich abgenommen; trotzdem findet sie mich schön. Mama himmelt mich an und verdreht gleichzeitig die Augen: Ich bin fast vollständig nackt unter der Decke, wie am Samstag meines Todes, als ich auf den Rettungsdienst gewartet habe.

Papa hört zu. Er weint. Der Grund für seine Tränen: selbstverständlich mein Tod, was sonst, aber auch die

Stunden vor meinem Tod, während er Zeit damit vertrödelt hat, am Samstag im Supermarkt den Einkaufswagen vollzuladen. Papa weint auf Knopfdruck.

Sie nennen ihre Träume Besuche. »Ereignisse der Nacht«, heißt es bei Victor Hugo. »Freude der Wiederkehr«, schreibt Hélène Cixous. Sie lauern meinen Besuchen auf, ich bin ihr Ereignis, ihre Freude.

Sie handeln nicht gerade vernünftig. In allem, was ihnen zwischen die Finger kommt, suchen sie nach meinem Tod. Ihr Lieblingsort ist zurzeit der Friedhof. Ihre spontane Haltung, wenn sie allein sind: umschlungene Hände, Kopf an Kopf und weinen. Überall im Haus befinden sich Fotos von mir. Das hilft nicht gerade dabei, nicht zu weinen.

Syllogismus: Immer wenn Papa an mich denkt, weint er. Papa ist nur dann glücklich, wenn er an mich denkt. Papa ist also jedes Mal glücklich, wenn er weint.

Papa sagt, dass er nie wieder versuchen wird, bei einem Glücksspiel zu gewinnen. Er meint, mein Tod habe ihn gelehrt, was es heißt zu verlieren. Spielen bedeute, den Teufel in Versuchung zu führen, der Verlockung aufzusitzen, nicht verloren zu haben. Papa sagt, er würde alles geben, damit ich nicht tot wäre. – Sieh an, noch so eine Floskel, die nicht mehr nur Plattitüde ist, sondern sich geradezu bewahrheitet hat: »Ich würde alles geben, damit er noch lebte!« – Er hätte ein schlechtes Gefühl, würde er im Lotto gewinnen. Er hat alles verloren, und jetzt ist ihm, als müsste er diesem Verlust treu bleiben. Nichts mehr gewinnen.

Papa spielt trotzdem Lotto. Im Tabakladen kreuzt er mein Geburtsdatum an, das Datum, bei dem er ins Stocken kam, als uns der Rettungsdienst danach gefragt hat. Er versucht, seinen Versprecher irgendwie wiedergutzumachen, wenigstens das, weg mit dem Mist.

Bei den Ziehungen vom Mittwoch und Samstag ist keine 19 dabei. Auch nicht die 21, meinem Alter. Oder der 4. April, oder die 28 – von 1982, meinem Geburtsjahr, etwas konstruiert, aber wenn man die 82 umdreht, wird eine 28 daraus, sein Geburtstag. Scheitern auf der ganzen Linie. Erbarmungslose Zahlenmystik. Wie verloren das Lottospiel, so verloren ist Papa, für immer.

Bei einem Trauerfall drei Tage Beurlaubung, so lauten die Arbeitsrichtlinien. Wie machen das all die Papas und Mamas, die ihren Sohn verlieren? Drei Tage Tränen, Friedhof, Aufräumen, und danach gehen sie wieder zur Arbeit? Papa weiß nicht, wie das gehen soll, sofort wieder arbeiten. Trotzdem nimmt er mit Mama sofort die Proben wieder auf. Er meint, das sei nicht das Gleiche, schließlich warte eine Produktion auf sie, *La Désaccordée*, seit sechs Monaten wird die Uraufführung mit Datum angekündigt. Niemand würde es ihnen verübeln, wenn sie sie absagen würden: »Nach einer solch harten Prüfung! Vier Wochen nach dem Todesfall!« Nein, nein, es gab bereits Proben, als ich noch am Leben war, letzten Monat, also müssen sie sie auch zu Ende bringen; alles andere wäre Verrat an mir. »Lion ist Teil des Universums dieser Inszenierung.« Sie nehmen die Arbeit wieder auf. Es ist ihnen wichtig.

Einer der wenigen Orte, an denen Papa mit sich im Reinen ist, ist der Friedhof von Ploaré. Über der Bucht von Douarnenez strahlendes Licht. Direkt neben meinem Grab eine Kamelie. Im Januar bald auch eine Mimose. Mitten in der mineralischen Ewigkeit sprießende Winterpflanzen, wie ein Traum von Leben im Land der Toten.

Régine ruft Papa auf dem Handy an, um ihm mitzuteilen, dass sie zur Aufführung von *La Désaccordée* kommen wird. Sie glaubt, Papa auf der Bühne zu stören, mitten im Aufbau, wenige Tage vor der Premiere. Doch Papa sitzt und vergießt ein paar Tränen: »Ich bin auf dem Friedhof, schön ist es hier.«

Als Susan und Robert nach der Aufführung Papa gratulieren, sagt er: »Ich werde nie wieder vollkommen glücklich sein.«

In diesem Moment ist das für Papa absolut wahr. Nein Papa, diese Wahrheit ist nicht wahr, sie ist *eine zu viel*, wie man so schön sagt. Du wirst diesen *Nies* und *Immers* von jetzt an einfach keine Beachtung mehr schenken, das war leichtsinnig. Nimm die Glückwünsche von Susan und Robert entgegen und halte dich mit Aussagen über das Glück zurück. Man kann nur hoffen, dass es wieder zu dir findet. Ein Jahr später sollte die Tochter von Susan und Robert sterben. Deine beiden lieben englischen Nachbarn werden ihrerseits diesen Satz sagen, genau den gleichen, den du ihnen vollkommen ahnungslos zugeflüstert hast und den sie nun auf grausame Weise zu ihrem machen.

»We know, we never will be happy.«

Vorsicht Lebensgefahr: Worte über den Tod könnten ansteckend sein.

Früher interessierte sich Papa hin und wieder für die Zukunft der Erde. Vage malte er sich den Zustand *meiner* Welt aus – die Welt, die ich mir machen würde, die ich lenkte oder erduldete, jene, in der ich als Erwachsener in zehn oder zwanzig Jahren leben würde. Das Einzige, was er dazu beitragen konnte, war, mir eine möglichst erträgliche Welt zu hinterlassen. Jetzt tut er nichts mehr, schaut nicht mehr nach vorn. Zeitungsartikel über Zukunftsforschung überspringt er. Die Temperatur, die im Jahr 2030 auf dem Planeten herrschen wird? Daran verschwendet er keinen Gedanken, auch nicht an die Rente, Atomenergie oder den Fortschritt, er wird nicht mehr da sein, weder er noch ich, seine Enkel, Urenkel… Die Zukunft des Planeten ist nur noch ein Thema moralischer Debatten. Die Grünen haben wahrscheinlich recht, aber auch ideologische Stimmungen erreichen ihn kaum noch. Ohne mich läuft bei ihm in der Politik alles aus dem Ruder, mal ein Linksschub, mal ein Mitte-links-Schub, mal ein Anarcho-Schub mit freiheitlich-liberaler Tendenz – jedenfalls nie nach rechts.

Mamas und Papas Training hat Tempo angenommen. Die Leute fragen sie, wie sie es ohne mich nur aushalten, und als Antwort erwartet man, dass es nicht auszuhalten sei. Sie wollen wissen, wie das mit dem Weinen ist, wie man leben und arbeiten kann und gleichzeitig immerzu an meinen Tod denken muss. Die Eltern reagieren verlegen. Sie sind keine mustergültigen modernen Stoiker. Wie zur gleichen Zeit leben, weinen und lachen?

Folgendes haben sie von Bergmann gelernt: »Wir sind alle Analphabeten, wenn es um Gefühle geht.«

Nachdem die Musiker alle abgereist waren, fühlte sich Papa unendlich traurig. Ihre Anwesenheit war tröstlich gewesen, ihre Musik wie Streicheleinheiten, auch für ihn.

Papa ist außer sich. Es gibt Immobilienagenturen, die Todesanzeigen durchforsten und Angehörige anschreiben, um ihnen Geschäfte vorzuschlagen. Auch von meinem Tod müssen sie irgendwo gelesen haben, entweder in *Le Monde*, *Ouest-France* oder *Le Télégramme*. Normalerweise rufen sie gegen Mittag an, zur Essenszeit. Sie bieten an, beim Verkauf meiner Güter behilflich zu sein. Können sie haben: »Wie heißt noch gleich Ihre Agentur? Könnten Sie das buchstabieren: Schreibt man das mit zwei n? Mit einem s oder einem ç? Gut, vielen Dank, ich habe alles notiert.« Papa kann die Anspannung vor lauter Aufregung auf der anderen Seite der Leitung förmlich spüren, der trauernde Fisch scheint tatsächlich angebissen zu haben. Genau in dem Moment fügt er voller Schadenfreude hinzu: »Nun richten Sie bitte Folgendes Ihrem Chef aus: Niemals, ja genau, niemals, Sie haben richtig verstanden, niemals werde ich auch nur einen Fuß in Ihre Agentur von Aasgeiern setzen. Und überall werde ich herumerzählen, dass Ihre Agentur versucht hat, mit dem Tod meines Sohns Geschäfte zu machen.« Papa in antikapitalistischem Zorn.

Als neuer, junger Abonnent von *Le Monde* habe ich ein Formular für Kleinanzeigen auf der Geburten- und Familienseite zugeschickt bekommen. Auch dies ist für den verhinderten Großvater ein Schlag ins Gesicht. Abgesehen von den Fruchtbarkeitswünschen hofft *Le Monde*, mich noch lange als Kunden zu behalten. Mein Konter auf den Schnabel der Gazette ist die Tatsache, dass ich als Abonnent den absoluten Kürzerekord gebrochen habe: vierundzwanzig Stunden!

Mama und Papa finden keinen Schlaf. Sie wälzen sich von einer Seite auf die andere. Im Fernsehen nichts. In der Zeitung nichts. Und einen Roman anfangen, dazu fehlt der Mut. Papa sagt, er könne momentan keine Romane lesen. Tränen und Trauer verbieten wahrscheinlich jegliche Fiktion. Fürs Kino gilt das nicht. Mama und Papa haben sich *Pas sur la bouche* angesehen – von Alain Resnais, nach einer Operette von Maurice Yvain –, und erstaunlicherweise hatten sie richtig viel Spaß. Zu diesem Zeitpunkt der Trauer also Bilder ja, Schrift nein.

Ich spiele Ausdruckspíng. So lautet der Name des Spiels. Die Bälle, die der Gegner dir vorlegt, sind dafür da, um dein eigenes Spiel zur Geltung zu bringen, und nicht, um dir Schwierigkeiten zu bereiten. In meiner Rolle als echter Tischtennisspieler ging es um den Kampf; wie stolz war Mama, wenn ich wie ein Irrer gekämpft habe, um den Pokal nach Châteaulin zu bringen. In meiner Rolle als Pingspieler in diesem Traum schmeichele ich ihrem eigenen Bestreben, ins Paradies zu kommen.

Papa fragt sich, wem er die Tischtennisbälle schenken soll, die ich mir in Hunderterpacks gekauft habe, selbstverständlich, um Geld zu sparen.

Die beiden im Bett. Einer links, einer rechts. Schweigend. Redend. Hand in Hand. Hin und her wälzend. Nichts zu machen. Die Tränen fließen, der Magen krampft. Mama steht auf und macht Entspannungsübungen. Das mit den Massagen ist ihr Ding. Einatmen, entspannen, dehnen, den Hals kreisen, kleine Tennisbälle unterm Ohr verkeilen, einen weichen Ballon unter den Nacken legen, einatmen, entspannen … Sie hat Papa bereits um eine Massage gebeten. Er fühlt sich gezwungen. Das spürt sie, und dann ist es aus. Du hast mich trotzdem ganz gut massiert in meiner letzten Nacht, Papa. Kannst du dir mit Mama nicht ein bisschen mehr Mühe geben?

Ich habe in jener Nacht nicht stärker daran geglaubt als jetzt. Als Masseur bin ich ungläubig. Du weißt genau, dass mich das ärgert. Ich könnte mich schwarzärgern, dass ich diese Massage verpatzt habe.

Papa massiert nicht gern. Umso mehr mag er es, massiert zu werden: vom Chiropraktiker, vom Physiotherapeuten, von Mama, Giloup, Bertrand, Patrick, die Liste seiner Hexenmeister ist ziemlich lang. Papa ist passiv gläubig.

Wegen zu spät eingereichter Arztrechnungen musste Mama bei der Sozialversicherung vorsprechen. Sie weigern sich, ihre Akte zu bearbeiten. »Ihr Stammbuch ist nicht auf dem neuesten Stand! Ihr Sohn muss aus dem Stammbuch gelöscht werden.« Beim Standesamt im Rathaus, wo sie unter Tränen hinging, hat der Beamte die Todesakte Nummer 316 eröffnet. Die Papiere sind in Ordnung, ich bin nun überall gestorben, die Erstattungen können wieder geleistet werden. Mama geht nicht noch einmal zur Sozialversicherung, sie hat so einen Hass.

Die Versicherungen schicken meinen Eltern diverse Schreiben sowie das Geld, das im Todesfall rechtmäßig auszuzahlen ist. »Dieses Jahr«, sagt Papa, »werden wir nicht die ganze Zeit im Minus sein.« Das Sterbegeld wird selbst für die Ausstattung des Grabes reichen.

Mama zappt hin und her. Nichts. Sie würde gern einen Tierfilm sehen. Zurzeit könnte sie nichts besser gebrauchen als einen gut gemachten Kurzfilm über die Fortpflanzung von Pandas oder über Kamele in der Wüste oder Pinguine vom Packeis. Zu Tieren und Landschaften könnte sie jederzeit flüchten. Irgendein Kanal führt sie heute in die Savanne. Papa ruft bestürzt: »Bloß kein Film über Raubtiere!«, und löst einen Tornado im Schlafzimmer aus, Tränen spritzen aus seinen Augen, Mama schluchzt. Der kleine Löwe Lion *is back*. Der bloße Gedanke an herumtollende Löwenbabys, die an Mamas Brust saugen und einschlafen, macht sie wahnsinnig. Der Vorname ihres Sohns und die gesamte Löwenfamilie bedeuten reine Panik.

Kaum sitzen sie Hand in Hand in der Bordkabine, steigen ihnen Tränen in die Augen. Auch als das Flugzeug am Himmel ist, laufen unentwegt Tränen über ihre Gesichter. Der Steward sorgt sich. Ob sie wirklich solche Angst vor dem Fliegen hätten?

Papa ergreift den Arm des Stewards und stammelt: »Nein, schon gut, schon gut, nur ein Trauerfall.«

Verlegen zieht sich der Steward zurück. Sie lassen ihren Tränen freien Lauf, den halben Flug lang. Als der Essenstrolley von Air France kommt, sagt Papa: »Hunger haben wir aber trotzdem.«

Wieso versiegen dadurch die Tränen?

Unablässig fallen stapelweise Allgemeinplätze in ihren Briefkasten. »Beileid, Schmerz, Trübsal, schreckliches Leid«, auch jeder Gesprächspartner sucht nach den richtigen Worten – vergebens. Ein Linguistikstudent könnte eine Abschlussarbeit darüber schreiben: Achtzig Prozent der Mitteilungen, die sie erhalten, sagen mit der gleichen Betroffenheit, dass es unmöglich sei, die richtigen Worte zu finden für … Wofür eigentlich?

Die Grabsteinhändler bieten ihnen die Wahl zwischen der »Schlichtheit und Wärme eines Grabsteins aus dunklem Granit« oder der »Harmonie der ins Unendliche aufstrebenden, wellenförmigen Stele« – aus himalayagranit, wohlgemerkt mit kleinem h geschrieben. Vorgeschlagen werden ferner »antik wirkende, klassizistische Gräber«. Oder auch »künstlerische, figürliche, abstrakte, poetische oder symbolische Grabstätten«. Man beteuert das »Gleichgewicht geschwungener Stelen«, »die richtigen, abgerundeten Proportionen«, »die Würde und Schmucklosigkeit« für ein »Juwel der Erinnerung«. Sie können sich entscheiden für eine »schlichte, klassische Inschrift« – dreitausend Euro –, eine »erhabene und schmucklose« – dreitausendfünfhundert Euro – oder auch die »seltene und feine«, die jedoch erheblich kostspieliger ist, da »traditionell und ausdrucksstark«.

Am liebsten hätten sie einen guten, alten Grabstein aus zweiter Hand.

Belustigt fällt ihre Aufmerksamkeit auf eine Grabplatte aus Altuglas, auf der eine Karte vom Département Cantal und Salers-Rinder abgebildet sind. Ich bin jedoch weder in der Auvergne geboren noch gestorben; ein Grabartikel mit der Bretonne Pie Noir, der typisch bretonischen Kuh, ist leider nicht vorhanden, schade.

Gebeugte Haltung, von Tränen durchfurchtes Gesicht, einsam und niedergeschlagen, körperlich am Ende, nie wieder!, Stille, gepeitschte Heidelandschaft, kalter Wind, gebrochener Greis: Auch du, Papa, bist tagtäglich ein wandelndes Klischee, wenn du auf den Friedhof von Ploaré gehst.

»Dors mon adorée que le soleil dora, dors.«* Dieser Vers von Paol ist zu einem ihrer viel gesungenen Refrains geworden. Zusammen mit Pierre-Alain ist Paol der Autor eines der fünf oder sechs Stücke über die Trauer, die Papa bislang inszeniert hat, und dies hier sogar mit Mama: *Dieu et Madame Lagadec*. Das war sechs Monate vor meinem Tod, wann sonst, danach wären sie nicht dazu in der Lage gewesen. In diesem ersten Trauerwinter erzählt ihnen Paol etwas Verblüffendes: Ich bin am gleichen Tag im Oktober gestorben wie seine Tochter Dora, zwar ein paar Jahre nach ihr, aber auch an einem 25. Oktober. Sie war zwölf Jahre alt, ich einundzwanzig. Mama wird schwindelig. Von einem 25.10. zum nächsten, von einer 12 zur umgedrehten 21, sie hat das Gefühl, in dieser Zahlenmystik zu ertrinken. Hilft es, nach einer Bedeutung zu suchen? Papa will nicht. »Zahlen haben keine Bedeutung, all diese Sachen haben keine Bedeutung. Sie haben die Bedeutung, die wir ihnen geben, Punkt, aus!«

Was für eine Wohltat für Papa, mal so richtig rumzubrüllen.

Ein Baby, dein Baby, das in einer Wiege liegt. Du nimmst es auf den Arm. Es ist leicht und winzig klein! Du hältst es vor dein Gesicht, ich schaue dich an, lächle und sage un-

* »Schlaf, meine Angebetete, dass die Sonne golden scheine, schlaf.« (Anm. d. Übersetzerin)

deutlich babbelnd »Pa-pa«. *Papa, er hat Papa zu mir gesagt!* In deinem Traum weinst du vor Freude. *Lion ist knapp drei Monate alt, und er hat Papa zu mir gesagt, zu mir! Seine ersten Worte gelten mir, Pa-pa!* Papa ist überwältigt, er wünschte, ich würde diese beiden magischen Silben noch einmal sagen. Aber nein, nicht im Traum, nicht in Wirklichkeit. Nein.

Wie ein leises Echo auf die »Dora dorée« von Paol brabbeln Mama und Papa nun ihre allerdings jämmerlichen Alliterationen durch die Gegend: »Lion, lions, allions, aillons, au lit, nous allions, allions-nous ...«

Es entsteht keine Melodie.

Papa macht sich unentwegt Vorwürfe wegen der letzten Tage. Das Bild, das er jetzt am häufigsten vor sich hat, ist nicht mehr der Supermarkt, sondern als er sich vor der Oper in Rennes von mir verabschiedet hat. Es war ziemlich kalt, und er hätte sich über eine Einladung zu mir nach Hause sehr gefreut. Tut mir leid, Papa, aber bei mir war es zu unordentlich, und außerdem lag noch irgendwo Shit rum, wir hätten uns nur unnötig in die Haare gekriegt. Papa stellt sich vor, wie wir noch die ganze Nacht geredet hätten, besser denn je. Außerdem macht er sich Vorwürfe wegen Donnerstagmittag. Er ist überzeugt davon, dass er mich niemals wegen dieses Termins hätte verlassen sollen. Vorwürfe, die immer wieder hochkommen wie übler Atem.

»Wenn man bei uns in Japan«, schreibt ihnen Susumu, »ein Familienmitglied verliert, teilt man den Geschäftsfreunden mit, dass man aufgrund eines Todesfalls die Neujahrswünsche nicht entgegennehmen wird.«

Das letzte Wort, das Madame Lagadec zu Gott auf der Bühne spricht, ist: »Arschloch!«

So beschimpfen sie Ihn häufig.

»Nicht mal gegen einen Cadillac oder einen Porsche oder womöglich einen Rolls-Royce, ich würde meinen Sohn doch nicht gegen einen Rolls-Royce eintauschen!«

Der betrunkene Araber an der Haltestelle lässt seinen Gefühlen freien Lauf: »Ich würde meinen Sohn gegen nichts auf der Welt eintauschen, verstehst du?«

»Ja, sicher, finde ich auch, würde ich auch nicht, für alles Gold der Erde hätte ich ihn nicht hergegeben«, erwidert Papa.

Zwei liebestrunkene Väter warten auf den Bus.

Hin und wieder setzen die Grübeleien aus. Dann leuchten Erinnerungen auf, wie an das *Hôtel Président*, wo wir uns an zwei Abenden so herzlich umarmt haben, zuerst Mama und dann er am übernächsten Tag. Jeder Augenblick des Glücks währt ewig. Spinoza, Wladimir Jankelewitsch, Deleuze, Séverine Auffret, alle kämpfen in derselben Schlacht.

Aber sofort, wie die Rückseite einer Medaille, schleichen sich Zweifel unter die glücklichen Erinnerungen: Bestimmt hatte sich der Schatten des Todes bereits auf mich gelegt und uns ungefragt zu dieser besonders innigen Umarmung gezwungen. Trauer währt ewig.

»Es lebe das Leben, trotzdem!« Als er in der Leichenhalle wie ein Verrückter herumgeschrien hat, waren ihm die Worte von weither gekommen, von vor vierzig Jahren, als er als

Anarcho und Antifrankist politisch aktiv war. Wie war das noch damals? »*Muerte a la muerte*«? Er weiß es nicht mehr genau. Sechs Monate vor meinem Tod hat Papa in einem Artikel geschrieben: »Es lebe das Leben«, sein Refrain, der sich wie von selbst wiederholt. Das verpflichtet.

Der Friedhof. Ich laufe die Rue Laennec in Richtung Zentrum. Ich treffe Papa an dieser eigenartigen Kreuzung Rue Laennec und Route de Brest. Eine Kreuzung in Form eines Gänsefußes mit nur zwei Zehen, wie von einer behinderten Gans. Wir unterhalten uns. Mir gegenüber, in Papas Rücken, ist diese Apotheke, deren Leuchtschrift, die in roten Punkten Tag, Uhrzeit und vor allem die Temperatur anzeigt, beim besten Willen nicht zu übersehen ist. Das grüne Kreuz blinkt auch, aber vor allem zieht das rote Leuchtband das Auge auf sich. Es ist der 15. Januar 2004, 11 Uhr 12, dreizehn Grad.

»Wirklich nicht schlecht, was ihr da auf dem Friedhof für mich gemacht habt.«

Als Papa aufwacht, wundert er sich nicht über meine Worte: In den Augen seiner fast täglichen Besuche ist der Friedhof von Ploaré zu einem wundervollen Ort geworden.

Papa erzählt Mama von unserer nächtlichen Begegnung.

Sie wundert sich umso mehr: »Aber wir haben mit dem Grab doch noch gar nichts angestellt. Nicht einmal Gedanken haben wir uns gemacht. Es liegt völlig brach.«

Habe ich mich in jener Nacht im Traum über dich lustig gemacht?

Die Eltern beschließen, den provisorischen Zustand meines Grabs zu beheben. Sie wählen einen »scharrierten Grabstein aus der Region«. Aus Granit also.

Papa murrt zähneknirschend: »Der wird wenigstens so lange der Witterung standhalten, wie wir die Grabmiete zahlen.«

In regelmäßigen Abständen sieht man auf dem Friedhof mit Tesafilm auf den Marmor geklebte Zettel: »Familiengrab abgelaufen.« Nach ihrem Tod, in zehn, zwanzig, höchstens dreißig Jahren, wird niemand mehr da sein, der das Grab bezahlt. Man wird die Reste aus dem Familiengrab exhumieren und die Asche in das Sammelgrab werfen – ihre Asche wird sich mit meiner und der anderer zu Staubkörnern für die Ewigkeit vermischen.

Niemand, der sich um unser Grab kümmert? Papa kann es nur schwer ertragen, keinen Nachkommen zu haben.

Einige Monate später lassen Mama und Papa meinen Namen und die Lebensdaten in eine Platte gravieren, die das gleiche gebrochene Weiß hat wie mein Grab. Ein behauener Steinquader von siebzig Zentimetern Länge, vierzig Zentimetern Breite auf zehn Zentimeter Dicke. Sie haben extra dieses Format gewählt, um die Platte leicht auswechseln zu können. Kleine Kampfansage an die unverrückbare Ewigkeit. *Bloß keine endgültige Grabstätte.* Die Blumen, die dort wachsen, dienen dem gleichen Zweck, vergängliches Sein gegen ewigen Stein.

Um meine Grabplatte, quasi wie zu Besuch auf dem Friedhof, behauen zu können, musste der Steinmetz einen Granitblock in drei ähnlich große Stücke zerteilen. Papas fragwürdiger, makabrer Kommentar – sicherlich nur ein Ausdruck seiner Wut über meinen Tod – lautete:

»Drei Grabplatten! Nach der für unseren Sohn sind zwei Platten übrig, eine für Mama, eine für mich!«

Mein Vorname, Mamas Familienname, Papas Familienname, mein Geburtsdatum, mein Todestag. Man kann die Granitplatte verschieben, je nach Vorliebe des Besuchers ändert sie ihre Position auf meinem Grab, nach oben, nach unten, schräg … Die beiden anderen Granitplatten stehen zu Hause, einsatzbereit.

Beim Unterzeichnen des Auftrags fragt Papa den Steinmetz, wobei er seine Geschmacklosigkeit erneut unter Beweis stellt: »Wollen Sie nicht auch gleich unsere Grabplatten beschriften und uns einen Mengenrabatt einräumen?«

Man könne doch schon mal – für ihn auf die eine, für Mama auf die andere Platte – Vornamen, Namen, Geburtsdaten und die Anfänge der Todesjahre eingravieren: 1942–20.. und 1947–20.. 20 plus zwei kleine Punkte, es fehlten lediglich diese beiden kleinen Unbekannten.

»Wir wissen noch nicht, wann wir sterben, aber das Unbekannte ist nie mehr als zwei Ziffern entfernt.«

Der Steinmetz wollte sich lieber nicht auf das dubiose Spiel einlassen. Die restlichen Platten sind jungfräulich geblieben, aus Respekt vor dem Aberglauben. Als ob nichts wäre, stehen sie auf der Terrasse in einer Ecke und warten auf den Tod von Mama und Papa, um zu mir aufs Grab zu kommen.

Papa blättert im Archiv der Pariser Oper in einer Akte: Manuskripte, Auszüge aus Zeitschriften, Zusammenfassungen von Aufführungen und vieles mehr. Und da ist auch das Tagebuch von Freud, ein wertvolles Dokument. Papa sucht nach allem, was mit dem Tod von Freuds Tochter zu tun hat. Er stößt auf interessante Seiten über eine Oper von Berlioz. Er hört, wie Dido dem Leben Adieu sagt: »Mein Lebensweg ist vollendet.« In seinem Traum stellt Papa fest, dass er in Wirklichkeit in Briefen von Victor Hugo zu Zeiten von Léopoldines Tod blättert. Als er aufwacht, hat er auf einmal eine Art Ohrwurm aus der Schulzeit im Kopf.

»Ich klage nicht mehr an, ich verfluche nicht mehr, aber lasst mir meine Tränen.«

Trotz der brennenden Hitze am heutigen Tag macht sich eine Frau in aller Sorgfalt an meinem Nachbargrab zu schaffen. Geflissentlich fährt sie mit ihrem Putzlappen in jeden Winkel, lässt es an Eifer und gutem Willen wahrlich nicht mangeln. Nachdem ihre Hand um den Sockel des Kreuzes herumgewischt hat, arbeitet sie sich zu den Füßen der Christusfigur, dem Oberkörper, Gesicht und den Armen empor. Schließlich wischt sie mit dem Lappen noch einmal über den Bauch. An dieser Stelle gibt sich die Frau besondere Mühe. Und auf einmal stellt Papa fest: *Das ist nicht wahr! Sie poliert das Gemächt von Jesus blank!* Und wie, eine Ewigkeit bringt sie damit zu. Bis sie geht. Keine Minute hat sie gebetet oder geweint. Einfach nur das Grab gesäubert und den Christus poliert.

So viel zum alltäglichen Putzwahn auf Friedhöfen.

Dies ist die Geschichte von einem Arzt. Müde und erschöpft kommt der Onkel Doktor eines Tages nach Hause. Ihm tut alles weh, er hat Fieber, und ihm ist übel. Er legt sich ins Bett. Als seine Frau nach Hause kommt, fühlt er sich richtig krank. Er muss sich eine schwere Grippe oder Ähnliches eingefangen haben. Am nächsten Morgen wacht er mit so starkem Fieber, auf, dass er sich nicht mal mehr hinsetzen kann. Auf seinen Unterarmen entdeckt er violette Flecken. Er knöpft seinen Pyjama auf: Sein Oberkörper ist voll davon. Selbst Medizinstudenten von der Uni kennen die Diagnose: *Purpura fulminans*. Rasch lässt er sich ins Krankenhaus bringen. Seine Kollegen bestätigen seine Vermutung und wollen alles daransetzen, ihn noch zu retten. Doch der Arzt weiß, dass es zu spät ist, aus und vorbei. Er weigert sich, dass man ihn betäubt und unnötig an ihm herumschnibbelt. Lieber möchte er die letzten ihm verbleibenden Stunden mit seiner Frau verbringen.

Mama und Papa hören sich die Geschichte an. Einen Moment lang erleichtert sie ihnen das Gewissen.

Allein jene, die ein Kind verloren haben, wissen, was es heißt, die Qualen des Kreuzweges durchzumachen wie einst in der Kirche.

Die Platzanweiserin im Kino ist eine junge Studentin. Gerade mal dreiundzwanzig Jahre alt. Sie hat die Aufgabe, nach der letzten Vorstellung das Kino abzuschließen. Alle Kinogäste sind gegangen, außer ihm, dessen Tränen ihn wie Tesafilm an den Sitz festkleben, während noch die emotionsgeladene Musik der letzten Meter Filmrolle läuft. »Der Film ist aus«, sagt sie leise. Er dreht sich zu ihr. »Oh! Wie schön Sie sind!« Und dann: »Ich habe Durst! Großen Durst! Wären Sie so nett und ließen mich aus Ihrem Mund trinken?« Seine nächtliche Besucherin gibt ihm einen langen Kuss.

Heute Morgen ist Mama nach Rennes zu den Proben gefahren. Papa hat die kleine Schachtel mit meiner Asche geöffnet, die in ihrem Schlafzimmer steht. Ein zylinderförmiges

Gefäß aus antikem, hellem Holz. Da die Asche in alle Ritzen eingedrungen ist, lässt sich der Deckel schlecht drehen. Es geht nur mit viel Kraft. Kaum ist er offen, fliegt überall Asche umher, Sand, der noch feiner ist als meine Haare, Staub, beinahe Rauch, leicht wie Luft. Im Zimmer verflüchtigen sich winzige Fetzen von mir. Papa gerät in Panik. Er taucht seine Nase in die kleine Wolke im Gegenlicht und atmet tief ein, um mich in seinen Lungen zu spüren.

Dann muss er husten.

Papa gehen meine Cousinen und ihre Augenbrauen nicht aus dem Sinn. Sie sind zwischen fünfzehn und fünfundzwanzig Jahren alt. Alle vier wunderschön. Gern würde er ihre Gesichter streicheln, um an ihnen die Züge meiner Stirn und Augenbrauen zu erfühlen: Denn sie sind sich auf sonderbare Weise ähnlich. Einmal hat Papa es gewagt, von Aurore Fotos zu machen, Großaufnahmen – und sie ließ ihn gewähren. Bei Jennifer und Diane hat er sich nicht getraut. Jetzt befinden sich Aurores Augenbrauen im Album *Lion, Oktober 2003* und als Hintergrundbild auf Papas Handy. Die gleichen Augenbrauen zieren auch Alexandras schönes Gesicht. Wirklich beeindruckend. In Tokio, wo er sie kennengelernt hat, bat er sie nach einiger Überwindung, so zu posieren, wie ich es einmal für ihn getan habe: mit geschlossenen Augen – einfach nur mit geschlossenen Augen. Obwohl sie es wie ich schrecklich findet, fotografiert zu werden, hat sie ihn das Foto schießen lassen. Ein Geschenk. Jedes Mal ist er hin und weg, wenn er die Bilder sieht.

Der alte Papa verguckt sich in Augenbrauen. Und die jungen Mädchen?

»Für deine Mama ist meine Liebe grenzenlos, wenn es das ist, was du wissen willst, grenzenlos.«

Papa fährt meinen Citroën AX spazieren, mein erstes Auto, das ich mir letztes Jahr zum Schnäppchenpreis gekauft habe. Er fährt mit mir durch die Gegend. Und wie viele Autos hat Papa bisher gehabt? Beim Herumfahren rechnet er nach, als würde er mir eine Geschichte erzählen. Der gebrauchte Peugeot 404, Rodolphes Eltern abgekauft, als er in Laborde war. Mit zweihunderttausend auf dem Tacho ist er anstandslos gelaufen. Dann ein anderer alter Peugeot. Dann ein Ford, neu erstanden mithilfe einer Abfindung, darauf folgte wieder ein Ford und noch einer und noch einer. Seit dreißig Jahren ist Papa auf Ford abonniert. Da ich tot bin, wird er die Automarke wechseln. Es soll ein Citroën werden, allein meinetwegen.

Der Sonnenuntergang taucht die kleine Straße von Plogonnec in stimmungsvolles Abendlicht. Papa lächelt.

Ich warte vor dem Friedhof auf Papa, direkt am Eingang. Ich trage meine Jacke, genauer gesagt das Sweatshirt, die Kapuze bis in die Stirn gezogen, und außerdem meine Baggy Pants aus New York. Schon seit geraumer Zeit stehe ich da und warte auf ihn. Damit ich ihn ja nicht verpasse.

Wenn ich seinen Ford die Rue Laennec am Friedhof von Ploaré entlangfahren sehe, mache ich es wie immer – ich kann nicht anders: Ich bin da, ohne da zu sein. Ich lehne mich schräg mit dem Rücken ans Portal und stehe da wie einer, der so tut, als würde er nur so herumstehen und nicht allzu viel mitkriegen. Verhält man sich nämlich so, als würde man absolut gar nichts mitkriegen, läuft man Gefahr, tatsächlich nicht gesehen zu werden und alles zu vermasseln. Wenn man aber nicht öffentlich zeigen will, worauf man aus ist, und lieber rein zufällig gesehen werden möchte, hat man es mit einem kleinen, aber feinen Unterschied zu tun. Natürlich ist mir daran gelegen, dass Papa mich sieht. Außerdem mag ich es, wenn er gespannt nach mir Ausschau hält. Aber ich will nicht zeigen, dass ich auf ihn warte. Wie ein unauflöslich verquicktes Liebes- und Freiheitsbedürfnis. Eine Neurose.

Bisher klappte das. Papa sah mich, und ich tat so, als hätte ich ihn nicht gesehen. Er war glücklich und ärgerte sich gleichzeitig über mein falsches, längst verinnerlichtes Versteckspiel der eigenen Sehnsüchte. Ich freute mich, dass er sich freute, und ärgerte mich über seine Verärgerung. So ist das in der Familie, undurchschaubare, verbrämte Angewohnheiten.

Heute habe ich meinen Einsatz vor dem Friedhof total vermasselt. Als Papas Auto näher kommt, ziehe ich mich schnell in den Schatten des Portals zurück, zu schnell. Das Auto fährt vorbei. Papa erkennt nur noch einen Schatten. Aber ihm kommen Zweifel. *Das war Lion, ganz sicher, das muss er gewesen sein.* Schon geht wieder dieser Schwachsinn los. Papa redet ruhig auf sich ein: *Nein, das war nicht Lion, ich spinne ja, sehe schon Gespenster.* Vernunft ist alles, diesen Ankerpunkt will er sich bewahren. Ein Künstler aus dem Kongo hat ihm erzählt, dass man in Brazzaville aufpassen muss, nicht den Verstorbenen über den Weg zu laufen. Man erzählt sich die fürchterlichsten Geschichten, bis hin zu zwei Liebenden, die miteinander geschlafen hätten, die eine am Leben, der andere tot, aus mangelnder Vorsicht. Papa macht nicht kehrt, um zu mir zurückzukommen, Papa fährt weiter die Straße entlang in Richtung Theater, das Lenkrad fest im Griff.

Wie soll man bloß Abstand gewinnen? Papa tut, was er kann.

Das Krankenhaus hat Mama und Papa einen Totenschein ausgestellt. Ich bin eines natürlichen Todes gestorben. Die Bombe, die mich mit ihren violetten Kugeln durchsiebt hat, war also ein natürlicher Tod.

Ein zehn bis fünfzehn Monate altes Baby, Glück der Wiederkehr, ich bin auferstanden. Als ein Baby mit nackter, weicher Haut, das lacht, auch Papa lacht, er streichelt mich, tanzt mit mir, ich bin wieder da, und auch noch als Baby!

Warum ist es noch besser, als Baby anstatt als Erwachsener aufzuerstehen?

Bei einer anderen nächtlichen Begegnung mit Papa bin ich geheilt: »Siehst du, es ist vorbei, ich bin zurück und in Form!«

Béatrice findet, Papas Unterbewusstes sei sehr positiv.

Mein Grab auf dem Friedhof von Douarnenez ist umringt von Seeleuten. Ich hatte nicht den geringsten Hang zum Wasser, so wie Papa, sein Vater und sein Großvater.

Ende des aquaphoben Geschlechts.

6. Kapitel

Spinoza hat gesagt, die Weisheit
ist nicht ein Nachdenken über den Tod,
sondern über das Leben.

WLADIMIR JANKELEWITSCH

Dies Fehlen ist lieblich und sanft
Schaut allein seine Fülle und Pracht
Seht mich in jedem aufblitzenden Sonnenstrahl
In jedem Himmel, jedem gluckernden Bach
Im weiten Watt und in jeder Möwe am Strand

SÉVERINE AUFFRET

IM NOVEMBER, EIN paar Wochen nach meiner »Beerdigung«, stattet Bérangère, meine beste Freundin und Mitstreiterin aus Rennes, Mama und Papa einen Besuch ab. *Mehr, mehr …* Gierig saugt Papa sämtliche Erinnerungen und Details aus meinem Leben auf, alles, was eine Verbindung zu meiner Vergangenheit herstellen könnte. *Mehr, mehr*, ad hanc horam, *erzählt noch mehr …* Papa tut so, als gäbe es mich heute allein deshalb noch, weil man ihm wieder und wieder aus meinem Leben *davor* erzählt.

Trotz ihrer zurückhaltenden Art offenbart ihnen Bérangère Etliches über mein Studentenleben. Die vielen Gläser Wein an der Bar im Nationaltheater, die heimlich an der Uni durchzechten Nächte, das Schwarzfahren. Die zahlreichen Verstöße des Sohns verzaubern den Vater gewordenen Anarcho von einst. Am Ende dieses langen, qualvoll-glücklichen Moments, wie jede vertrauensvolle Begegnung dieser Art, kommt Bérangère zum eigentlichen Grund ihres Besuchs. Sie erzählt vom Tag der Bestattung ihrer Großmutter im August. Ich war mitgegangen. Es war so trostlos wie im Juli bei Simon.

»An jenem Abend haben wir uns geschworen, dass es bei uns auf keinen Fall so ablaufen soll, mit diesem ganzen Getue, dem grässlichen Dekokram und den vielen jämmerlichen Floskeln …«

Bérangère nimmt Mamas Hände.

»Martine, deine Idee für Lions Bestattung war einfach genial! Du hast um weiße Blumen gebeten, und tatsächlich hat es einen Berg weißer Blumen gegeben. Ich habe mich nicht getraut, es dir direkt zu erzählen, aber es war genau das, was Lion an diesem Abend zu mir gesagt hat: ›Nichts außer weiße Blumen!‹ Wie hast du das erraten? Ich war sprachlos, als ich die weißen Blumen überall gesehen habe, genau wie er es sich für seine Beerdigung vorgestellt hat! Woher hast du das bloß gewusst?«

Bérangère denkt an die tiefgründigen Mutter-Sohn-Bindungen. Papa sagt sich, dass es mit dem Grund dieser Fügung nicht weit her sein kann. Solche Dinge werden innerhalb der Familie weitergegeben; ich habe Mamas Vorlieben aufgesaugt wie ein Schwamm; bei uns zu Hause hat es seit jeher ausschließlich weiße Blumen gegeben. Aber Papa, der sachlich alles auf den Punkt bringt, behält seine Gedanken für sich und ist kein Spielverderber. Gut so.

Bérangère versucht, sich zu rechtfertigen: »Ihr habt bestimmt auch mal irgendwann über eure Beerdigung nachgedacht, oder? Worte, Bilder, lose Ideen, letzten Endes nur ein Spiel. Wir hatten uns damals unsere eigene Trauerfeier ausgemalt, mehr nicht. Dass Lion dabei nicht wirklich an seinen Tod gedacht hat, das kann ich euch versichern.«

Es nützt nichts, ihre Worte wirken notgedrungen seltsam auf die Eltern. Verunsichert und mit bangem Gefühl fragen sie sich, was noch alles kommen mag. *Lion hat an seinen bevorstehenden Tod gedacht, ich wusste es.* Papas alte Steckenpferde traben erneut in alle Richtungen, von wegen schleichender Tod und so.

»Lion hat noch zwei oder drei andere Dinge gesagt, und das ist echt erstaunlich. Zuerst ging es um die weißen Blumen. Dann hat er gesagt, dass er eingeäschert werden möchte. Auch hier, woher wusstet ihr das? Sagt mir die Wahrheit: Habt ihr euch irgendwann in seiner Anwesenheit über eure eigene Feuerbestattung unterhalten?«

Mama und Papa hatten noch nie über Feuerbestattung gesprochen, auch nicht unter vier Augen – was weder verantwortungsbewusst noch besonders klug war. Als ich starb, haben sie versucht, aus Aberglauben und ihren Ängsten das Beste zu machen, wahrhaftig keine Glanzleistung.

Warum habt ihr euch für Feuerbestattung entschieden? Mama, um mit mir abhauen zu können, und du, Papa, weil du Mama hinterher wolltest.

Und wenn sie mich in der Erde anstatt im Feuer bestattet hätten? Sie hätten ganz schön danebengelegen! Nachträgliches Entsetzen. Papa bedankt sich innerlich bei Mama. Mama dankt still Bérangère. Bérangère dankt ihnen für ein bisschen weniger Konfusion.

Keiner kann tatsächlich etwas dafür, aber jeder bedankt sich beim anderen.

An diesem recht heiklen Punkt ihrer Erzählungen angekommen, weiß Bérangère nicht, ob sie fortfahren soll. Doch am Ende berichtet sie auch von meinem letzten Wunsch.

»Lion hat außerdem noch gesagt, dass seine Asche in Island verstreut werden soll, zum Abschluss seines Todes.«

Volltreffer! Das hat gesessen. Papa ist wie vom Hocker gerissen, wie erschlagen. Nicht mit Island hat sie ins Schwarze getroffen, sondern mit dem Verstreuen der Asche. Dafür also! Ist dafür die Asche, die sie auf dem Friedhof von Ploaré stibitzt haben, meine Überbleibsel, die sie wie ein zu zweit geteiltes Geheimnis gehütet haben und die nur noch darauf warten, meinem Wunsch gemäß verstreut zu werden? Papa ist außer sich, der Grübler grübelt nicht mehr, versucht nicht mehr zu verstehen, ist nicht mehr positiv, objektiv, reduktiv, intellektiv oder kognitiv – Papa ist dermaßen aufgewühlt, dass kein -iv ihn mehr zurückhalten kann, seine Platte hat Kratzer bekommen – so mag ich Papa am liebsten –, jetzt ist er naiv, jubilativ, explosiv, superlativ. Weiter so, Papa! Er jauchzt vor Freude, den Engeln, dem Baby, mir. Klatscht in die Hände. Ein irrwitziges Programm hat ihn insgeheim gelenkt oder auch das Schicksal oder die Götter, wie auch immer, er hält nicht inne, um zu verstehen, das ist jetzt nicht der Moment, er ist von Glück erfüllt, das ist alles. Wie ein Blitz fährt ein Zucken durch seinen Körper. Durch Mamas ebenso. Weinend fallen sie sich in die Arme. Sie sind überwältigt, glücklich, das Wort ist zwar nicht angebracht, aber egal.

Alle Eltern möchten, dass ihre Kinder außergewöhnlich sind. Auch Papa ist ein Papa wie alle anderen. Da mein Tod immer wieder eine außergewöhnliche Wendung nimmt, frohlockt Papa: »Bérangère, das ist genial, wir haben noch welche! Wir haben noch Asche von Lion hier zu Hause! Wir haben nicht alles beerdigt. Wir können noch Asche verstreuen!«

Bérangère ist sprachlos. Sie versteht kein Wort. Die Eltern erklären ihr, was es mit der heimlich zurückbehaltenen Asche auf sich hat. Endlich hat sie einen Sinn bekommen. Sie hat nicht bloß zu Hause herumgelegen, um das Leid der trauernden Eltern zu nähren, sondern wurde beiseite gelegt, um verstreut zu werden. Es ist, als leuchtete in diesem Zufall ein Funken Bedeutung auf. Beinahe halten sie es für ein Wunder. Mama und Papa sind außer sich vor Freude, sie haben mich wiedergefunden. Wie in Trance umarmen sie die junge Frau, würden am liebsten Luftsprünge machen. Sie lachen und weinen gleichzeitig.

Ridi Pa-pagliaccio! Lach schon, Papa, deine Trauerarbeit ist einen Schritt weiter.

Papa weiß noch immer nicht, was ich an Island so toll gefunden habe – aber letzten Endes war es unerheblich, ob es an Björk, der Stille der endlosen Landschaften oder der Universität von Reykjavik lag, von der ich ihm in Rennes während unseres letzten gemeinsamen Essens erzählt habe.

Mama und Papa beschließen, so bald wie möglich nach Island zu reisen, um meine wie durch ein Wunder aufbewahrte Asche zu verstreuen. Und natürlich auch, weil sie meinen letzten Willen respektieren wollen.

Ein Monat später, 14. Dezember 2003, Sonntag, 18 Uhr, es ist dunkel und nieselt, als dieser verrückte Auftakt in einem fröhlichen, Douarnenez-typischen Schlussakkord endet. In der Rue du Couëdic ertönt das Ständchen einer bunt zusammengewürfelten Truppe aus Akkordeons, Kazoos, Tamburinen, Trompeten und Schiffssirenen. Mit Fanfaren sind fünfzig Maskierte losgezogen, Proviant und Flaschen im Schlepptau, um Mama und Papa zwei Flugtickets nach Reykjavik zu überreichen. Die unglaubliche Geschichte mit der Asche hat im Finistère Kreise gezogen; die Freunde haben eine Überraschungsfeier vorbereitet; sie haben zusammengelegt, sich verkleidet und Lieder und Geschichten eingeübt. Und heute Abend treten sie als Matrosen, Kapitäne, Bauern, Aristokraten, Bretonen nach guter, alter Tradition und klapprige Clowns auf, die sich zu einem ordentlichen Gelage treffen, um den Eltern die Reise nach Island zu schenken. Das ist ihre Art, sie bis zum Schluss zu begleiten.

Eure Freunde sind einfach spitze.

Es ist exakt der neunundvierzigste Tag nach meinem Tod. Nach buddhistischem Glauben bricht an diesem Tag die Seele endgültig mit der irdischen Welt. Für die Freigeister von Douarnenez reiner Zufall. Trotzdem hat irgendwer nach ein paar Gläsern Wein und zotigen Liedern auf diese zufällige Übereinstimmung hingewiesen. Darauf erwiderte Papa, dass der Tod, wenn man nicht aufpasst, jeden in einen Pfaffen verwandelt.

August 2004, sechs Monate später. Bevor Mama und Papa Douarnenez verlassen und zu ihrem Flug Brest–Paris–Reykjavik aufbrechen, präparieren sie meine Asche. Sie öffnen eine der zwei Schatzdöschen, deren Deckel sich so schwer aufschrauben lassen. Und wieder fliegt überall meine Asche herum wie letzten Oktober. Erneut verflüchtigen sich in einer unaufhaltbaren, kleinen Wolke winzige Bruchstücke von mir. Für Papa, der wie üblich weinen muss, ist es unerträglich. »Mein Sohn, mein Sohn« – etwas anderes bekommst du nie über die Lippen, wenn du weinst, Papa, außer »mein Sohn …«. Er hält die Nase in den Staub, damit nichts von seinem Sohn verloren geht. Selbstverständlich, denn das war vorherzusehen, bleibt er ihm im Hals stecken. Mama denkt praktischer und fängt alles ein, was sie kriegen kann. Anschließend schüttet sie die Asche in ein kleines rotes Säckchen aus Seide. Papa behält so lang wie möglich den Geschmack der trockenen Asche im Mund. Er genießt ihn in vollen Zügen. Noch länger muss er wieder davon husten. Berauscht von ihrem Sohn, lässt Mama das Säckchen in ihre Gürteltasche gleiten, die sie die ganze Reise über nicht aus den Augen lässt. Selbst wenn sie schläft, wird die Tasche unter ihrem Kopfkissen liegen.

Das andere Döschen bleibt zu Hause. Wir trennen uns nicht vollständig.

»Und wenn die Zollbeamten fragen, was dieses komische weiße Puder in deiner Tasche sein soll?«

O Schreck! Doch dann müssen sie lachen.

Mama und Papa schwingen sich auf nach Island, begleitet von Giloup und Marie-Hélène, den zwei originellsten Masken auf der Party im Dezember. Da es sich um einen Trip in Douarnenez-Manier handelt, gehören derbe Sprüche, Ausgelassenheit und flippige Laune, aber auch liebevolle Gesten unweigerlich dazu, selbst auf einer Trauerreise. Nicht übel.

Beim Zoll in Orly fragt wegen des Puders niemand nach. Ich habe keinen Geruch mehr für die Hunde.

Fünf Tage später. In Selfoss angekommen, gerät die vierköpfige bretonische Trauer-Reisegruppe ins Stocken: Soll es an der Südküste Islands weitergehen, oder soll man lieber den Weg durchs Tal ins Landesinnere probieren? Am Meer entlang ist natürlich reizvoll, keine Frage. Irma hat jedoch gesagt, es sei schöner, durchs abwechslungsreiche Landesinnere zu fahren, auf der anderen Seite des Berges: Dort warteten Grotten, Schluchten, Birkenwälder, Blumen und Gletscher. Auch Florence meinte: »In der Gegend bekommt man etwas absolut Einzigartiges zu sehen. Bei Sonnenuntergang, gegen Mitternacht, ist dieses Tal einfach unglaublich.« Wegen der Freunde und da es an diesem Morgen so schön ist, setzen sie, Pech für die Seeleute, auf das Gletschertal und Þormörk – laut Reiseführer »Thorsmörk« ausgesprochen. Sie machen sich also auf in das Land des Gottes Thor. Eventuell werden sie dort meine Asche verstreuen. Das fragen sie sich bei jeder Etappe. Aber jeden Tag, so toll die Landschaft auch ist, schieben sie es ein Stück weiter hinaus.

Ihr Weg ist nicht von Trauer begleitet. Sie überqueren den Wasserfall Seljalandsfoss mithilfe von Zitaten aus *Tim und Struppi – Der Sonnentempel* – nur dass die Lamas fehlen. Anschließend gehen sie einmal um den Brunhildenfelsen herum – vor dem Hügel Stóra Dímon ist Mama plötzlich der festen Überzeugung, dass Richard Peduzzi für sein

Bühnenbild im *Ring des Nibelungen* in Bayreuth diese herrliche Bergskulptur kopiert hat, wozu ihr Papa sofort beipflichtet. Mit der Sopranistin vor Augen singen sie den *Ritt der Walküren*. Es geht weiter mit Wotans Abschied von seiner Tochter. Papa ist tief gerührt.

Aus der Ferne klingen sie allerdings wie singende Schreihälse – und auf der Seite des Baritons ziemlich schief.

Durch die Lektüre der Reiseführer waren sie vorgewarnt: Nach dem Verlassen der Nationalstraße 1 auf die Piste 249 müssen sie Ende August damit rechnen, auf Furten zu stoßen, die nicht unbedingt passierbar sind. Mit aller Vorsicht überqueren sie die Hindernisse, in drei Stunden schon acht oder neun Stück. In Island gehören Furten zum Pflichtprogramm. Je nach Wetterlage sind die Pisten jedes Jahr mal mehr, mal weniger überschwemmt. Das kann man nicht vorhersagen. Für einen Vierradantrieb mit viel Power und Bodenfreiheit oder für einen isländischen Bus mit riesigen Reifen kein Problem. Aber für das Auto, das sie sich geliehen haben, in der günstigen Preisklasse, bedeutet es ein ernst zu nehmendes Risiko. Zehn Zentimeter Wasser zu viel, und der Motor geht baden. Spritztour auf eigene Verantwortung und Gefahr: Die Versicherung zahlt nichts. Am Ende dieses Vormittags versperrt ihnen die bislang tiefste Furt ihrer Reise den Weg. Ein Wagen mit Vierradantrieb hat bereits Schiffbruch erlitten und ist mittendrin liegen geblieben. Die junge Fahrerin und ihr Begleiter sind gezwungen, das Auto stehen zu lassen. Wir beobachten, wie sie nicht gerade trockenen Fußes zurückkommen. Schuhe und ein paar Kleidungsstücke in die Luft haltend waten sie irgendwie durch das eiskalte Wasser, das ihnen bis zur Brust reicht. Auto und Ausflug sind im Eimer. Das Pärchen wird wohl oder übel auf einen Abschleppwagen warten müssen.

Dort entlangzufahren war also nicht ratsam. Ihr macht kehrt und fahrt drei- oder vierhundert Meter zurück auf einen kleinen Pfad Richtung Süden, wo ihr das Auto an einem See abstellt. Komplette Programmänderung. Kein Þormörk, schade für die Freundinnen, den Wald und den Gott des Donners. Spontan unternehmt ihr eine Wanderung nach Gigjökull, einer Gletscherzunge mit einem Höhenunterschied von eintausend Metern zur Lagune Lónið. Auf der Karte steht, dass der Berg Eyjafjallajökull heißt – laut Reiseführer »Ey-afja-tla-jökudl« ausgesprochen, mit lang gezogenen und kurzen Silben. Ihr gebt auf, zu schwierig. Im Rucksack Proviant und Sonnencreme, auf der Nase die Sonnenbrille, marschiert ihr durch das schwierige Gelände. Über euch strahlend blauer Himmel. Island, wie man es sich nur erträumen kann, Lichteinfall in die versteckteşten Winkel südlicherer Breitengrade. Ebenen und Berge, Sonne und Wasser, Eis und Vulkane, Stille und Natur, nichts als Natur, die dich mit tausendjähriger, immergleicher Herzlichkeit empfängt. Rings um den See von Asche geschwärzte Uferböschung. Nach einem guten Kilometer Fußmarsch auf weichem, goldglänzendem Moos hallt vom Tal das Lachen des liegen gebliebenen Pärchens herauf.

Ihre Heiterkeit ist Teil der mit diesem Ort verbundenen Musik, gravitätisch und schwerelos in einem.

Es geht ziemlich steil aufwärts. Giloup und Papa laufen quer durch die Heide, schweißüberströmt und mit nacktem Oberkörper, Marie-Hélène und Mama im T-Shirt. Die

Sonne lacht vom Himmel. Dreihundert Meter gegenüber glänzt der Gletscher in voller Pracht und stürzt in die Lagune mit den tausend Inselchen hinab, die ihr *icebergs* und *growlers* nennt – und in typisch französischem Humor auch Burgunder Rindfleischstückchen, um von den schlauen Bemerkungen im Reiseführer abzulenken und eure Geschmackspapillen in Alarmbereitschaft zu setzen, denn in der absoluten Ödnis riecht es nach *bœuf bourguignon*. Die Eisblöcke schwimmen auf einer blau-grünen, glatten Wasserfläche, in der sich Schnee, Moränen und Gletscherspalten spiegeln.

Es kehrt wieder Ernsthaftigkeit ein: Das ist mehr als großartig, das ist ergreifend.

Nach einer Stunde Fußmarsch ist es für euch beide unabhängig voneinander mehr als eindeutig: Hier soll es sein, in der Asche dieses Vulkans, gegenüber dieser Sonne aus Eis, hier wollt ihr meine Asche verstreuen. Seit fast einer Woche durchstreift ihr Island von Landschaft zu Landschaft auf der Suche nach einer geeigneten Stelle, ohne eine Entscheidung zu treffen, am Meer oder in den Bergen, Wasserfall oder Wüste, milde Wärme oder glühende Hitze. Überall war es schön. Doch erst heute, genau an dieser Stelle, ist es auf einmal völlig klar. Der Wetterbericht heute Morgen, die Furt mit dem Hochwasser, die Panne des Allradfahrzeugs, die Unbeschwertheit des Lichts und der Seele und schließlich die atemberaubende, weite Landschaft: Eine Anhäufung kleiner Zufälle entscheidet über den Ort, an dem ihr meine Asche verstreuen werdet. Dieser Hang an dem seit zwei Jahrhunderten erloschenen Vulkan, der verloren am hintersten Ende Islands steht, er ist es, den ihr zu eurer ganz persönlichen Landschaft auserwählt, eine unendlich kostbare, sonderbar liebevolle Landschaft – mein zweiter Friedhof.

Der Weg eurer Trauer scheint euch durch Zufall dorthin geführt zu haben. Ihr befindet euch an den Hängen des Eyjafjallajökull, was euch nicht wirklich bewusst ist. Das würde aber auch nichts ändern: Im Jahr 2004 kannte abgesehen von ein paar hundert Isländern und ein paar Dutzend Vulkanologen niemand auf der Welt diesen »unaussprechlichen« Namen, wie Fernsehjournalisten in sechs Jahren sagen werden.

Ihr vollzieht das Ritual, meine weiße Asche fällt auf die schwarze Vulkanasche. Tränen. Ihr sitzt Hand in Hand nebeneinander und weint. Es ist schlimmer, als ihr gedacht habt. Auch Giloup und Marie-Hélène weinen, in richtigem Abstand, nicht zu nah, nicht zu weit weg.

Eine lange Weile später. Mama und Papa rufen die beiden zu sich. Sie wollen das Ritual gemeinsam fortsetzen. Giloup setzt sich zu euch und baut aus fünf oder sechs Steinen einen Cairn wie seit ewigen Zeiten Pilger aus aller Welt. Ein kleines Grasbüschel obendrauf, und schon steht eine Art zerzauster E. T. neben meiner Asche. Giloup bindet seinen weißen Schal um E. T. Eine freundliche Statue wird mir so an den Hängen des Eyjafjallajökull Gesellschaft leisten. Als kleiner Junge habe ich mir mit Mama und Papa mehrfach Spielbergs Film angesehen. An meiner Seite konnten sie wieder in ihre Kindheit eintauchen, während E. T. mich am Abend beim Einschlafen beschützt hat. Spielbergs Geschöpf hat Millionen Kinder unter seine Fittiche genommen. Mama und Papa sind zutiefst gerührt, als sie sehen, wie er in Island wieder für mich da ist.

Marie-Hélène will Fotos machen. Sie hat sofort verstanden, dass das alles festgehalten werden muss. Mama und Papa werden sich die Bilder bis in alle Ewigkeit anschauen, sie werden ihr heiligster Schatz sein, sobald sie in Frankreich zurück sind. Marie-Hélène leiht sich deine Digitalkamera. Doch da sie nicht weiß, wie sie funktioniert, fragt sie nach. Aber du bist mit deinem Kopf woanders, klammerst dich an Mama und an mich. Von Weitem erklärst du ihr halbherzig, wie es geht; aber es bringt nichts. Offen gesagt sind dir die Fotos in dem Augenblick egal, du siehst bloß noch meine Asche und die Steine meines neuen Laren- und Lavagottes. Da Marie-Hélène es allein nicht hinkriegt, bittet sie dich erneut.

Und du sagst: »Müssen wir unbedingt Fotos machen?«

Darum geht es dir gerade überhaupt nicht. Dich von mir lösen, von deinem Schmerz? Das willst du nicht. Marie-Hélène glaubt, du hättest sie nicht verstanden, und versucht es noch einmal. Stille. Sie wartet ab, lässt dir Zeit. Dann wieder ein Versuch. Endlich verstehst du sie. Das war ein Fehler. *Fatal error* hieß es in meinen Videospielen. Verstehen heißt bereits so viel wie sich lösen. Du schaust dich um und betrachtest die Szenerie; sie hat vollkommen recht, selbstverständlich muss man Fotos machen. Du willst aber nicht aus meiner Asche auftauchen, aus meinem Tod, aus mir, aus der Ewigkeit … – kaum fasst man es in Worte, wird es pathetisch. Du hast den Fotoapparat angestellt und den Sucher an dein Auge gehoben, womit das Unvermeidliche eingetreten ist: Du bist nicht mehr da, weinst nicht mehr, du bist im Objektiv und kein weinender Papa neben seiner Frau mehr, du jagst Fotos hinterher.

Aufnahmen von der Asche – die bestimmt nichts werden, denn nüchtern betrachtet ist meine Asche auf der Vulkanasche grau auf grau. Aufnahmen vom Krater. Von der Lagune. Porträts von Mama, selbst unter Tränen hübsch wie immer. Der Apparat schießt nach allen Seiten: auf den See, den Berg, den Gletscher, der sich im Wasser spiegelt. Dann wieder auf die Asche, auf E.T., Nahaufnahmen und Panoramaansichten. Papa dreht und wendet sich in alle Richtungen. Mit der Digitalkamera ist man nirgends sparsam. Der Apparat nimmt alles auf, was sich bewegt, und vor allem, was sich nicht bewegt – und hier vorherrscht, die stillstehende Zeit und Natur.

Auf einmal erscheint eine nackte Gestalt im Objektiv. Die Optik erstarrt. Die Gestalt taucht zwischen zwei Eisblöcken ins Wasser. Entsetzt kehrt der Fotograf ins wahre Leben zurück, oder vielmehr kehrt das Leben zu Papa zurück, der Nackte war Giloup! Dieser Mann ist verrückt, warum springt er da hinein, das eiskalte Wasser ist lebensgefährlich. Du vergisst deine Nikon und schreist: »Gilles, mach keinen Scheiß, mach keinen Scheiß!« Panik. Zehn endlose Sekunden lang. Bis Giloup am hinteren Ende einer Eisscholle wieder an der Oberfläche auftaucht. Er lacht. Klettert ans Ascheufer und zieht sich an.

Von Weitem ruft er: »Ich musste reinspringen. Es ging nicht anders. Ich weiß auch nicht, warum. Schau her, nix passiert …«

Papa schimpft mit der durchgeknallten Wasserratte: Wir befinden uns Stunden entfernt von jeglicher Hilfe, er hätte sterben können. Die nackte Wasserratte wirft ihm mit beiden Händen einen Kuss zu, eine gehauchte Liebkosung. Angesichts dieser spontanen, animistischen Handlung weicht deine Panik grenzenloser Bewunderung. Der Fotograf in dir eilt dir zu Hilfe und macht ein paar Aufnahmen von der aus dem Eis geretteten Wasserratte Giloup. Doch ein derartiges Badevergnügen bedeutet das Aus für jegliche Fotosession. Unmöglich, wieder anzuknüpfen. Wieder steigen Tränen auf. Du kehrst zu mir zurück, zu deiner Trauer und zu Mama, die sich von nichts hat beirren lassen. Vorbei die Aufregung, das Ritual geht weiter.

Was soll der Versuch, das Unsichtbare der Gefühle einzufangen, wenn man kein Fotograf ist? Antwort: um dem Teufel zu gehorchen und zu verhindern, dass das Unbekannte geschieht. Papas Teufel lauern ganz in der Nähe. *Mist!* Papa regt sich auf. *Verdammt, es leben meine Teufel! Warum nicht? Es lebe der Teufel, mit dem ich an den Hängen des Eyjafjallajökull herumgedealt habe. Es ist der gleiche Teufel, oder sein Cousin, der mir ins Ohr geflüstert hat, meinen Fotoapparat mit in die Leichenhalle zu nehmen, als Lions Körper noch ganz warm war. Und auch der, der mich ermunterte, auf dem Friedhof Fotos zu machen. Warum auch nicht? Gute, teuflische Eingebungen. Welch ein Glück, dass sie vorbeigekommen sind und mir geholfen haben, Erinnerungsfotos zu machen. Es leben meine Teufel!*

Genau, Papa.

Eine Woche später, Ende August 2004. Zurück in Douarnenez überspielt Papa die Fotos auf den Computer. Der Geschichte wird ein neues Album hinzugefügt. Nach *Lion Vincennes 1982–1994*, nach *Lion Quimper – Douarnenez 1995–*

2003 und nach den bläulich-violetten Bildern, die aus den Tiefen der Leichenhalle in das namenlose Album aufgestiegen sind, das niemand je zu sehen bekommen hat, erstellt er nun das Album *Lion Island 2004*. Die Fotos werden nach Etappen sortiert: die Anreise, die Furten, die Gletscher, die Asche, E. T., die Lagune, Giloup, der aus dem Wasser steigt, erneut der See, die Kammlinie des Vulkans …

Fast jeden Tag lässt du gebetsmühlenartig die Diashow ablaufen – ohne Begleitmusik, *kommt nicht infrage!* Häufig kehrst du zu den Fotos des kleinen E. T. aus Steinen und mit weißem Schal zurück. Und zu der grün-blauen Lagune, der allgegenwärtigen Asche und dem Vulkankrater, der alles überragt. Mama ist bei dir. Dank der elektronischen Bilder fließen die Tränen immer wieder neu. Ihr braucht die Fotos, sowohl auf dem Bildschirm als auch ausgedruckt: als Bildtafeln, Großformate, in Postkartengröße … Wenn Freunde bei euch sind, erzählt ihr, gestützt von den Fotos und ohne es je leid zu werden, von der Reise. Unzählige Male berichtet ihr von der unglaublichen Verkettung von Zufällen, die euch dorthin geführt hat: die übereilte Entscheidung für die Feuerbestattung, die zu Hause in Sicherheit gebrachte Asche, Bérangères Erzählungen, meine isländischen Träumereien, die unerwartete Umkehr vor der Furt, das unverhoffte Ritual. Alles ist jetzt abgeschlossen. Ihr habt einen guten Blickwinkel gefunden, von dem aus ihr über euren toten Sohn sprechen könnt: die Zufälle und das Unvorhersehbare. Von der hagiografischen Darstellungsweise seid ihr damit befreit – der heilige Lion, »wie schön er war, wie großartig, wie vollkommen«. Dem Dolorismus seid ihr ebenso entkommen – »welch schweres Leid wir ertragen müssen, nichts wird unseren Sohn ersetzen können, wir sind untröstlich, der größte Schmerz, der Eltern widerfahren kann, eine wahrhafte Amputation …« Mit Freude erspart ihr euch all das, was man von trauernden Eltern erwartet. Die Flut der Zufälle, die ihr erlebt habt, bietet euch Fluchtpunkte, die euch vor Klischees bewahren. Euer Bericht ist voll willkommener Magie. Sprachlos und voller Entzücken hören sich die Freunde die schöne Geschichte an, in die sich eure Trauer verwandelt hat.

Sie vergöttern die Fotos, wenngleich es sachlich gesehen nichts Besonderes auf ihnen zu vergöttern gibt: ein See, ein Berg, ein Gletscher, bloße Reisedokumente, genau so wie Millionen andere, tagtäglich weltweit gemachte Amateuraufnahmen. Da jedoch der Gegenstand eurer Fotos so erschütternd ist – die Asche eures Kindes und das Verstreuen dieser Asche –, ist jeder erschüttert, der sie sieht. Eure Freunde mögen euch; also glauben sie euch. Das Island eurer Trauer ist einzigartig. In der Nacherzählung fügt sich alles zusammen. Die diversen Rückstöße bekommen in eurer Sammlung eine ganz eigene Kohärenz. Der Weg von der Bretagne nach Island ist vollkommen gerade, sämtliche Umwege bis zum Ende eingeschlossen. Unermüdlich hören die Freunde Mama und Papa zu, die genauso unermüdlich weitererzählen. In ihrer immer stringenteren Erzählung läuft alles perfekt ineinander.

Haben sich die Dinge wirklich so zugetragen, wie sie erzählen? Dazu kann ich nichts sagen: Ein Toter hält lieber seinen Mund. Da kommt ohnehin nichts Gescheites raus.

Sicher ist jedenfalls die Freude der Eltern, wenn sie Besuch empfangen, mit dem sie die Freude an der Erzählung teilen können. Vielleicht wird der Schmerz, wenn die Trauer auf diese Art verarbeitet wird, irgendwann zu einem süßen Schmerz. Das ist wahrscheinlich das Einzige, worauf es ankommt.

Ende September kommt eines Abends die schöne Rachel vorbei. Wie üblich zeigt ihr auch ihr die Fotos.

»Hier, sieh mal, das ist der Berg und das da, das ist die Lagune und das, das ist Giloup, der im eiskalten Wasser untergetaucht ist – dieser Irre, wir hatten solche Angst! Das da, das ist …«

Rachel unterbricht euch. Sie klickt zurück.

»Kann ich?«

Sie lässt sich Zeit, während sie die Fotos von der Lagune miteinander vergleicht.

»Das ist unglaublich, da, in dem Wasser …«

»Was? Was ist unglaublich?«

»Habt ihr das nicht gesehen?«

»Ja, die Eisblöcke, das blau-grüne Wasser …«

»Nein, schaut doch: Da sind Augen, ein Gesicht: Ja, da ist ein Gesicht im Wasser! Und … Aber … das ist ja der Kopf von einem Löwen!«

Jeder kennt diese Suchbilder für Kinder, die darin den Jäger finden müssen, der sich in einem Baum versteckt hat und weder vom Hasen noch zunächst vom Kind gesehen wird, selbst wenn es sich das Bild aus allen möglichen Perspektiven anschaut. Manchmal braucht man viel Zeit und Scharfblick dafür. Als ich klein war, liebte ich diese irritierte Wahrnehmung, wenn weder das Rotkäppchen noch ich den unsichtbaren Wolf sahen, obwohl er sich ganz sicher in der Zeichnung befand, man musste nur genau hinsehen.

Als Student hatte ich ähnlichen Spaß mit den eher ernsten Theorien zur Gestaltpsychologie. Und vor nicht allzu langer Zeit, kurz vor meinem Tod, hatte ich noch meine Freude an diesen pointillistischen Bildern aus tausend Farbtupfern, auf denen auf einmal, solange ich mich darauf einließ, zwei unterschiedliche Ebenen hervorstachen. Mal flatterten Zahlen, mal ein Gesicht vor einem bunten Hintergrund auf. Klar und deutlich drängt sich etwas in plastischer Form in eine Welt hinein, die das Auge noch vor drei Sekunden als eben wahrgenommen hat und die jeglicher Form und Gestalt entbehrte.

Rachels kindliche Gabe zu sehen hat in dem isländischen See einen Löwenkopf auftauchen lassen. Und dank ihr und ihren Fähigkeiten zum Spiel mit der Wahrnehmung können auch die Eltern nun diese Gestalt entstehen lassen, die sie bislang nicht gesehen hatten – weder direkt vor Ort an den Hängen des Eyjafjallajökull im August noch nach ihrer Rückkehr in Frankreich – in den seit einem Monat so beständig betrachteten Fotoalben. Dieser Löwenkopf war direkt vor ihren und den Augen Dutzender Freunde gewesen. Aber niemand hat etwas anderes darin gesehen als eine schmerzvolle Wallfahrt.

Jetzt, mit Rachels Augen, ist es umgekehrt, man sieht nur noch die neue, so offensichtliche und viel aufregendere Sache: das Gesicht eines Löwen im Wasser der Lagune, Lion. Mama und Papa sprechen von *meinem* See. *Der See von Lion* und *der Vulkan von Lion* werden zu Eigennamen, die Gänsehaut verursachen. Jedes Mal, wenn sie mit einem Freund reden, jedes Mal, wenn sie die Fotos zeigen, bleibt des Rätsels Lösung so lange im Hintergrund, bis es dem Betrachter auf einmal förmlich ins Gesicht springt – faszinierend.

Bingo bei jedem einzelnen Versuch. Es ist ein Spiel mit den Formen, die Lust am Mysteriösen, ja tatsächlich, in dem Vulkansee ist ein Löwe, an dem Ufer, wo sie die Asche ihres Löwen, ihres Lion, verstreut haben!

Mama und Papa wirken jedes Mal überglücklich.

Papa, mit dem Herumzeigen der Resultate deiner fotografischen Spielereien hältst du jeden zu wilden Spekulationen an. Der Teufel verführt zum Glauben an das Übernatürliche. Du machst dich zu seinem Komplizen und genießt die aufkommende Verwirrung. Die so erzählte Geschichte von meiner Asche evoziert zwangsläufig die Frage: »Ist es möglicherweise der Geist von eurem Lion, der da im See ist?«

Unvermeidlich. Alle, die auf der Suche nach dem Jenseits und seinen verborgenen Kräften sind, sehen darin einen ziemlich starken Beweis. Die größten Agnostiker sind peinlich berührt angesichts dieser Fotos und unfähig, irgendeinen Einwand gegen diesen Löwenkopf hervorzubringen, gegen die beiden Augen, die Augenbrauen, das Maul, alles unbestritten vorhanden. Ein lebloses Etwas hat eine solche Ausstrahlung, dass es in ihr eine Form von Leben annimmt. Das macht einen nervös. Die Trennung der Welten scheint sich aufzulösen. Papa bringt die rationalistischen Gewissheiten gern ins Wanken, vor allem seine eigenen. Dank seiner Freunde, die zu Besuch kommen, rütteln sie unverhohlen an einem eigentlich unantastbaren Mysterium.

Und wenn die Verwirrung dann komplett ist, macht Papa die Stimmung kaputt. Sein Hang zum positivistisch-objektivistischen Denken jagt die mystischen Geister davon. Er dreht das Foto um und verrät das Geheimnis: Unebenheiten des Gletschers, Felsen, Eiszacken, Moränen und Spalten spiegeln sich im Wasser. Sie sind der Grund für dieses Schimmern, das so sehr an einen Löwenkopf erinnert. Man glaubte, etwas zu sehen, wo lediglich Lichtspiele und -reflexe waren.

Er lässt Träume platzen und mit ihnen jedes pataphysische Entgegenkommen. Er demystifiziert, wie man so schön sagt. Meistens klappt es nicht ganz, und dann behilft er sich mit folgender Erklärung:

»Wie gut es tut, Geschichten zu erzählen! Wenn ich diese Bilder ansehe und euch beschreibe, bin ich glücklich. Ich liebe diese Fügungen, sie geben mir inneren Frieden. Mir geht es gut damit. Danke, wem auch immer, für den Glücksfall, dass in unserem riesigen Chaos zahllose Lichtblicke aufleuchten. Und wenn es einmal beim Erzählen zu wirr wird, habe ich einen Notgedanken parat: Ich sage mir, dass Künstler auf der Bühne manchmal auch diese Gnade erfahren.«

Wo beginnt die Gnade? Wo beginnt der Wind? Papa sagt, dass er sich auch über Wind freut.

Er hat auf alles eine Antwort.

Die unglaubliche Geschichte ist noch nicht zu Ende. Ein paar Wochen später erscheint die vorletzte Episode in diesem Asche-Fortsetzungsroman, der ohnedies ein hohes Maß an neuen Wendungen aufweist. Ein Foto wird Papa erneut fast wahnsinnig machen und ein weiteres Kapitel in dem Erzählband aufschlagen. Es geschieht Ende Oktober 2004, der Winter steht bevor. Vor ziemlich genau einem Jahr bin ich gestorben, vor zwei Monaten sind sie aus Island zurückgekommen. Wie gewöhnlich sitzt Papa vor seinem Computer und stöbert in iPhoto.

Selbstverständlich hat Papa auch Aufnahmen vom Friedhof und vom Grab mit dem Steinlöwen gemacht, den Giloups Großvater gehauen hat. Der Anblick des moosbedeckten Steinlöwen gehört unter anderen zu Papas glücklichen Momenten, wenn er zum Weinen auf den Friedhof geht. An diesem Abend klickt Papa eins der Friedhofsbilder an. Auf einmal schwant ihm etwas. Er geht auf Bearbeiten und vergrößert das Bild um ein Vielfaches. Ja! Kopieren, einfügen, vergleichen: Die Fotos vom Vulkansee und vom Friedhof liegen nun im gleichen Maßstab nebeneinander auf dem Bildschirm. Ja, kein Zweifel, er hatte den richtigen Riecher, und wieder wird etwas Unsichtbares sichtbar: *Der Löwe auf dem Friedhof von Ploaré entspricht bis ins kleinste Detail dem Bild des Löwen im See in Island*. Der Löwe aus dem See und der Löwe aus Stein sind Zwillinge.

»Martine, komm mal, komm mal gucken!«

Mama legt ihr Buch weg und setzt sich zu ihm an den Rechner.

»Sieh mal. Noch so etwas Irrwitziges, sieh genau hin: Als der bekloppte Giloup in Island in den eiskalten See gesprungen ist, erinnerst du dich, da hat er sich in Wirklichkeit in die Spiegelung des Löwen von seinem Großvater gestürzt. Sieh nur!«

Tatsächlich: Giloup springt in ein Bild, das in allen Details der Steinskulptur ähnelt, die er auf mein Grab gestellt hat. Giloup hat mehrmals wiederholt, dass er sich diese Zwangshandlung, nackt ins Wasser springen zu müssen, nicht erklären kann. Jetzt hat Papa verstanden. Giloup hat nicht nur ein Reinigungsritual vollzogen, er hat sich auch von einem Bild angezogen gefühlt, das er nicht sah. Er hat ein unsichtbares Band zwischen der Bretagne und Island geknüpft, zwischen einem Friedhof und dem anderen, als er blind in den Löwen seines Großvaters eintauchte.

Papa beginnt durchzudrehen. Von Episode zu Episode wird seine Geschichte immer verrückter. Genug, genug. Papa sucht Halt. *Ich bin es, der hier entscheidet, niemand sonst, nicht der Teufel, nicht die Götter, nicht Lion und nicht Zeus!* Papa nimmt all seinen Verstand zusammen für eine Erklärung, die das Rätsel weder wahrt noch auflöst. Und wenn das alles Mama und Papa nur deshalb passiert ist, weil sie darin geübt sind, auf der Musik- und Theaterbühne verborgene, außergewöhnliche Kräfte zu erkennen und aufzugreifen? Manchmal haben Künstler einen Draht zu den Göttern. Manchmal nicht. In beiden Fällen ist es übrigens irre. Hier ist es genauso.

Und ich, was meine ich? Hat sich das alles wirklich so ereignet, wie sie erzählen, mein Tod, die Trauerfeierlichkeiten, die Asche, Island, die Spiegelungen im Wasser, Giloup …? Ich habe nichts zu sagen. Ewige Ruhe auf dem Friedhof.

»Man muss überall Zeichen sehen, solange sie uns Zeichen geben«, flüstert ihm Louise ins Ohr. Papa mag diesen Spruch und macht ihn sich zu eigen. Zur größeren Sicherheit redet sich Papa ein, dass diese Zeichen vollkommen menschlich und keinesfalls zweideutig sind, nicht wahr? Mama ist es egal, ob es rational ist oder nicht. Realität, Vorstellung, Halluzination, Zeichen, Gefühl: Wen interessiert das? Ich bin es, der sie sowohl beim Weinen als auch beim Lachen ununterbrochen begleitet. Beim Leben.

Wie alle anderen Mamas und Papas finden sie es schön, auf Zeichen ihres Kindes zu stoßen und darüber zu reden.

Als ich klein war, liebte ich wie alle Kinder und auch Erwachsenen Überraschungen, Zauberkunststücke und alles, was unwahrscheinlich war. Magie. Ich habe es geliebt, wenn mich Papa auf meinem kleinen Kinderbett sitzend am Abend mit auf Märchenreise nahm. Er konnte gut Geschichten vorlesen, dachte sich in sie hinein, als würde er sie für wahr halten. Es war schön, Daumen zu lutschen und den Märchen zu lauschen. Wir waren beisammen. Alles Zauberhafte machte mich glücklich. Papa ebenfalls. Alles war wirklich wahr.

Mama dachte sich die Geschichten, die sie mir erzählte, von Anfang bis Ende aus. Das war noch wahrer.

Jedes Jahr, von 2004 bis 2009, kehrten Mama und Papa nach Island zurück, an den Fuß des Eyjafjallajökull. Sie konnten den Gletscher und seine Wasserspiegelungen absuchen, wie sie wollten, sie haben keinen Löwen mehr gefunden. Vermutlich waren sie nicht mehr konzentriert genug. Vermutlich kann man Konzerte nicht jeden Tag auf so zauberhafte Weise spielen. Die Gnade hat ihre Höhen und Tiefen. Der Steinhügel war noch immer da, allerdings ohne Giloups weißen Schal, den sicherlich der Wind fortgetragen hatte. Jahr für Jahr haben Mama und Papa lange Momente am Ufer des Sees verbracht. Bevor sie wieder aufbrachen, legten sie einen neuen Stein auf ihren isländischen E. T. Dann setzten sie ihre Wallfahrt entlang der einzigartigen Kammlinie des Kraters fort. Jedes Mal haben sie viele Tränen vergossen.

In den letzten Jahren war der Sommer nicht so heiß wie 2004. Die Flüsse führten kein Hochwasser. Mama und Papa konnten auf der Strecke weiterfahren und andere Furten überqueren.

»Man kann damit leben«, hatte ihnen ein Freund gesagt, der ebenfalls um seinen Sohn trauerte.

Papa hat sich nicht getraut, ihn zu fragen, ob sein finsteres Leid als Waisenvater auch von so schönen Geschichten aufgehellt wird wie seins. Er ist jedenfalls überzeugt davon, dass sie beide, Mama und Papa, nicht *damit leben* könnten, wenn es nicht die Aneinanderreihung von Zufällen und Episoden gegeben hätte, die das Leben um meinen Tod gesponnen hat. *Sonst wäre es einfach unerträglich.* Etwas Pathos hat er immer zur Hand.

Im Laufe der Jahre, und das lässt sich durchaus feststellen, ist der Schmerz ein wenig abgeklungen.

»Gar nicht wahr!«, protestiert Mama.

Es gibt kein objektives Maß für den Schmerz? Immerhin aber ein paar Anhaltspunkte. Zum Beispiel der langsamer werdende Rhythmus der Weinkrämpfe. Oder die zurückgehende Zahl der benötigten Antidepressiva, Beruhigungsmittel und Besuche beim Psychologen. Das sind messbare und recht objektive Werte.

Wie eine grüne Oase ist die Erzählung in ihnen gediehen. Zwischen 2003 und 2010 war ihnen mein Tod mithilfe dieser Geschichten irgendwie möglich geworden. Sie haben sie, so oft es ging, erzählt, wobei sie auf fiktivem Gelände von Zufall zu Zufall humpelten. Doch auf einmal geschah Mitte April 2010 noch eine außerordentliche Wendung, ein neues Wunder für neue Erzählungen: In der Woche meines achtundzwanzigsten Geburtstags ist »mein« Vulkan aufgewacht. Die ganze Welt mühte sich ab, diesen »unaussprechlichen« Namen über die Lippen zu bekommen: »Eyjafjallajökull«, als diese Silben in ihren Ohren schon seit Langem wie vertraute Musik klangen – Ey-afja-tla-jökudl. Sie murmelten sie vor sich hin wie einen Abzählreim. Mama und Papa waren davon ausgegangen, dass dieser Ort ein Geheimnis allein zwischen ihnen sei. Sie haben ihn für friedlich und ewig ruhend gehalten, und mich wähnten sie friedlich zu seinen Füßen. Bis es im Frühling zu dieser gewaltigen Explosion kam und der Vulkan zehn Kilometer hoch Rauch ausspuckte, meine und seine Asche vermischt. Die lang gezogenen und kurzen Silben des Vulkans fielen über die Welt her.

Ich mache wahrhaftig keine halben Sachen, ein Vulkanausbruch, das ist das Mindeste! »Eyjafjallajökull!« Sie sehen mich in allen Zeitungen auf der Titelseite. Sie jauchzen und rufen mir schrill hinterher. Sie ermutigen mich, den Flugverkehr lahmzulegen. Absoluter Wahnsinn. Die Geschichte, die sie ihren Freunden erzählen, wird immer unglaublicher, glücklicher, wundersamer und lustiger. Sie endet in einem regelrechten Feuerwerk. Mit einem derart frechen Sohn lässt es sich kinderleicht Geschichten erzählen.

An manchen Tagen saugen Mama und Papa die kleinen Aschekörnchen tief in ihre Lungen ein, wenn die Asche aus dem hohen Norden bis nach Südeuropa schwebt, als wäre sie voll beladen mit mir extra bis zu ihnen geflogen.

Was man tatsächlich in diesem Frühjahr dort oben am

Himmel sieht? Lediglich meine Asche, die wieder etwas mehr verschwindet. Der Rest dient dem Aufbau dieses Romans. Das ist mehr als nichts.

31. Mai 2010

Danksagung

Am Abend, als unser Sohn gestorben ist, hat mich Daniel Michel angerufen: »Ich weiß nicht, ob du am heutigen Tag verstehen kannst, was ich dir sagen will, aber ich habe diesen Horror, diese vollkommene Verzweiflung, vor ein paar Jahren erlebt. Ich möchte dir sagen, dass man damit leben kann.«

Danke, Daniel, dass du mir das so am Telefon gesagt hast, danke an alle, die mir an jenem Tag und darüber hinaus dies zu verstehen gegeben haben: Der Tod ist ein Teil des Lebens, man kann damit leben. Nicht jammern, nicht in Selbstmitleid und am Elend der Welt zergehen, nicht auf das Ende warten, sondern leben! Wie? Das weiß ich nicht, und ich werde mich hüten, hier Rezepte zu erstellen oder Lektionen zu erteilen. Jeder muss selbst herausfinden, wie es ihm möglich ist. Jeder kann den anderen dabei behilflich sein. Da ich nicht dazu neige, mein Leid zu klagen oder andere über das Leben oder den Tod zu belehren, ist mir irgendwann die Idee zu diesem Buch gekommen, zu einer halb wahren, halb erfundenen Erzählung. Vielen Dank an die wunderbare Menschenkette, die mir die Energie gegeben hat, diese Geschichte zu erzählen und meinerseits Daniels Botschaft weiterzutragen: »Man kann damit leben.«

Johanna Adorján

Eine exklusive Liebe

192 Seiten, Broschur
btb 73884

Die Geschichte eines gemeinsamen Selbstmordes aus Liebe

Zwei Menschen, die miteinander alt geworden sind, beschließen, sich das Leben zu nehmen. Er ist schwer krank, sie will nicht ohne ihn sein. An einem Sonntag im Herbst 1991 setzen sie ihren Plan in die Tat um. Sie bringen den Hund weg, räumen die Wohnung auf, machen die Rosen winterfest, dann sind sie bereit. Hand in Hand gehen Vera und István in den Tod, es ist das konsequente Ende einer Liebe, die die ganze übrige Welt ausschloss, sogar die eigenen Kinder. 16 Jahre später erzählt Johanna Adorján die berührende Geschichte ihrer Großeltern.

»Aus der exklusiven Liebe der Großeltern ist ein sehr feines Buch geworden, sanft geschrieben, bewegend und doch immer wieder auch sehr komisch.«

Christine Westermann / WDR